Cyprian Norwid

Czarne kwiaty

诺尔维德诗文选

又名黑花

〔波兰〕齐普里扬·诺尔维德 著

张振辉 译

四川文艺出版社

中国社会科学院
老年科研基金资助

前　言

　　1821年9月24日，齐普里扬·诺尔维德出生于华沙附近拉哲明县的拉斯卡–沃格乌赫村。这是一个小贵族家庭，母系祖先可追溯至赫赫有名的波兰国王及立陶宛大公扬三世·索别斯基（1629—1696），诺尔维德日后会有意强调这一点，但他四岁就失去了母亲，十四岁失去了父亲，主要由祖母抚养长大。1830年十一月起义期间，他和家人在华沙。和弟弟一起就读华沙的中学时，诺尔维德开始写诗，不知出于什么原因，他中断了学业，回故乡在亲戚家里住了几年，期间阅读了许多波兰的古代文学作品，尤其喜爱波兰的第一位伟大诗人、文艺复兴时期的扬·科哈诺夫斯基（1530—1584），为此把写诗称为"黑森林村的事情"[①]。1840年，诺尔维德进入华沙一家私人的绘画学校，师从当时的知名画家扬·米纳索维茨（1797—1854）学习绘画，同年开始在华沙的报刊上发表作品，得到诗坛的好评，有人赞扬他是"诗歌之鹰"；他短暂地在宣传性部门工作过，负责监督一些贵族出身的人的

────────────

[①]　科哈诺夫斯基的童年在拉多姆市附近的齐岑村和黑森林村度过。

升迁。

总的来说，诺尔维德没能接受系统的教育，是通过自学成才的。1842年夏天，他和一些友人走遍了马佐夫舍地区，后来还去了南部的克拉科夫，通过实地考察，对波兰的民间艺术产生了很大的兴趣；友人资助他去德累斯顿学习雕塑，从此他离开华沙，再也没能回来。年轻的诗人到威尼斯和佛罗伦萨旅行，1844年定居罗马后，未婚妻与他解除了婚约，之后他爱上钢琴家玛丽亚·卡列尔吉斯（1822—1874），她是知名的沙龙主人、艺术赞助人，羞涩和窘迫的经济状况让诗人无法在众多崇拜者中脱颖而出，这份单向的情感持续了很多年，是他创作的一大激发。

1846年，诺尔维德前往柏林，积极参与了普鲁士的波兰流亡者社群的政治串联。他很快被捕和驱逐，被迫前往布鲁塞尔，同时他的身体也开始出问题，很可能是入狱（虽然短暂）导致的。回到罗马后，诗人经历了1848年革命，共和主义者在马志尼和加里波第带领下攻入罗马城，成立了罗马共和国；他结识了亚当·密茨凯维奇（1798—1855）和齐格蒙特·克拉辛斯基（1812—1859），他不赞成密茨凯维奇的政治主张，并与克拉辛斯基为出走的教皇庇护九世辩护。诗人沿地中海去希腊和克里特岛，1849年1月移居巴黎，他与密茨凯维奇、尤利乌斯·斯沃瓦茨基（1809—1849）、弗雷德里克·肖邦（1810—1849）过从甚密，与来自俄罗斯的伊万·屠格涅夫（1818—1883）、亚历山大·赫尔岑（1812—

1870）也在沙龙上有交集。

诺尔维德在巴黎过得很不如意，除了经济上拮据，卡列尔吉斯于1847年移居巴黎，成为肖邦的学生，诺尔维德在一位亲密的朋友（玛丽亚·特琳比茨卡）的鼓励下向她求婚，遭到理所当然的拒绝；批评家对他的创作报以冷眼，诗歌《社会的四个方面之歌》（1849）在《波兹南评论》遭到恶评；流亡者社群则早已分裂，大大小小的派系争斗不断，诗人要面对政治上的误解、攻击。为了生计，诺尔维德换过多份工作，但一直处于贫困中，耳疾和眼疾可能恶化为失聪和失明。最终他决定去美国碰运气，经过近三个月的航程，于1853年2月乘坐玛格丽特·埃文斯号抵达纽约。他很快找到一份高薪的设计工作，10月，得知克里米亚战争爆发后，诗人又计划返回欧洲，为此向密茨凯维奇和赫尔岑求助过；1854年6月，他回到了欧洲，在伦敦住了一段时间，靠艺术养活自己和攒路费，1855年初回到巴黎定居。

诺尔维德的后半生主要以艺术家面目示人，他花几年建立起专业上的名气，通过绘画、雕塑谋生，发表了散文《黑花》和《白花》（1856）。写信成为他最活跃的社交和政治表达方式。1863年一月起义爆发时，糟糕的健康不允许诗人亲身参与，但他做了很多努力，试图对公共舆论产生影响，同年他在莱比锡出版了一本薄薄的《诗集》，这都没引起什么读者注意。1866年，诺尔维德完成一生中最重要的诗集《指南》（1858—1866），收有一百首诗，后记讨论了何为波兰诗歌的源头和如何复兴，他尝试了各种办法寻求出版，但始终没能实现，这对他是个非常沉重的打击。诗人逐步落入潦倒的境况，耳疾加重，而且患上了肺结核，他的神秘主义的表达被视为疯疯癫癫；1868年，他被认证为法国艺术家协会的雕塑家，创作了许多素描和版画、油画、水彩画，但卖不出去，上流社会拒绝和羞辱他，1877年，诗人被亲戚安置进巴黎郊区的圣卡西米尔之家，这是创办于1860年的收容波兰贫困、残障侨民和孤儿的慈善机构，诺尔维德在这里悄然度过生命的最后几年。1882年，他完成了最重要的文论《沉默》，到秋天，他已经虚弱得无法离开床，常常独自一个人哭泣，拒绝与任何人交谈；1883年，诗人完成了"意大利三部曲"（1881—1883），这是三个以意大利为背景的短篇小说，出版的愿望同样落空，5月23日上午，他在圣卡西米尔之家去世，收葬于蒙莫朗西公墓。

1861年，哲隆·普热斯梅茨基出生于卢布林附近的拉曾县，1887到1888年，他成为华沙《生活》杂志的编辑。当时值现代主义形成前期，年轻的作家、艺术家、批评家们与前辈激烈地争论，《生活》是最重要的阵地；普热斯梅茨基反对实证主义乃至浪漫主义、现实主义，认为那是"进步的神话"，他在《生活》上推介了许多过去不受重视的非现实主义创作，和其他斯拉夫民族及欧洲各国的现代派创作；1901年，他回到华沙创办《喀迈拉》杂志，自任编辑、艺术总监和出版人，到1907年结束时，这份杂志共制作了三十期、每期发行六百份，成为"青年波兰"——1896年，现代派运动被命名为"青年波兰"，后世把从19世纪60年代到第一次世界大战结束、即波兰重新独立这一段命名为"青年波兰时期"的著名阵地和历史成果之一。普热斯梅茨基在创刊号发表了纲领性的文论《天才们的命运》，之后发表了《为艺术而斗争》，他提出：

> 艺术既不是反社会的，也不是道德或不道德的。它就像太阳一样，不是也不可能是不道德的，它在升起的时候，无所谓好坏。它就像雨点一样，不是也不可能是不道德的，它在落下的时候，无所谓正义或者不正义。

而艺术的本质是：

> 天才、才能和灵感，整个创作的心理学是一个谜，只有对"非意识"或"超意识"进行形而上学超验主义和神秘主义的研究，才能解开这个谜。

1889到1900年，酝酿着这些认识的普热斯梅茨基生活在巴黎和维也纳。1897年，在维也纳的一家图书馆，他发现了诺尔维德那本薄薄的《诗集》，好奇的、激动不已的他被指引去圣卡西米尔之家，找到诗人留下的手稿，虽然有的散失或被烧毁了，但普热斯梅茨基依然收获了一大箱子。他率先在《喀迈拉》创刊号上发表了"意大利三部曲"中的《给狮子！》，小说讨论了艺术家在世上的位置、创作遭到资本化时的变异，这是现代派最关注的主题之一，与作者的悲剧性命运一同，引起了读者的热烈反响；之后，《喀迈拉》陆续发表了诺尔维德的一系列代表作，包括诗歌、小说、戏剧和文论，诗人名字在后辈中的影响力仿佛复制了他为密茨凯维奇去世而写的诗：

> 至于你在一个什么样的骨灰盒里歇息？
> 它放在哪里？是怎么放的？这不重要。
> 因为你的坟墓还会重新打开，
> 人们要再次宣扬你的无限功德，
> 过去因为没有对你表示敬仰，
> 大家都很感到愧疚，
> 现在会向你第二次流泪，
> 流下更加伤心的热泪，
> 虽然大家都见不到你了。①

普热斯梅茨基为整理、推广诺尔维德孜孜不倦地工作，

---

① 见《苏格拉底！你给雅典人做了什么？》。

同时，他还翻译了兰波、爱伦·坡、马拉美的诗歌，梅特林克的戏剧等等，1911年，他编辑的诺尔维德作品集出版了第一卷；普热斯梅茨基在1944年去世，1947年，《指南》第一次完整出版。

至此，诺尔维德被公认为伟大的波兰民族先知诗人，与密茨凯维奇、克拉辛斯基、斯沃瓦茨基并列的浪漫主义后期代表性作家——有批评家认为这一文学史分类是简单化的，除了浪漫主义，诗人的创作也融合了古典主义和高蹈派。诺尔维德的声线晦涩而微妙、精辟，其思想和技艺都超越了产生他的那个时代，对20世纪下半叶的波兰诗歌有革命性影响，他也是小说、戏剧、素描的大师，其回到"源头"的观念深刻地影响了波兰重新独立后的艺术和文化建设。对他的发现是"青年波兰"的神话之一，普热斯梅茨基作为出版人的不朽功绩。诺尔维德的思想融合了西方/基督教哲学和东方/中国哲学，尤其推崇孔子，称他为"我们的大师"；诺尔维德也是世界公民，他批评流行于浪漫主义时期和波兰侨民之中的弥赛亚主义，及其引起的对民族国家的崇拜，他在1852年预言了第一次世界大战，作为东欧知识分子，他在欧洲和平统一运动的讨论仍局限于西欧知识分子时提出了平等、多元、东西欧合作互助的一体化想象，使自己成为当代欧盟的思想先驱之一。

至20世纪60年代，仍有诺尔维德的戏剧手稿被发现，最新的诺尔维德全集出版计划达到了十七卷。在这里，我选译了他的一部分诗歌、散文和书信，并按它们发表的先后次序作了排列，希望尽量充分地表现诗人的思想倾向和艺术成就，也真实反映他一生的经历。诺尔维德是公认的晦涩和难以理解（他的后辈维斯瓦娃·希姆博尔斯卡把写诗称为"诺尔维德式的苦刑"），而且常引用历史、人文典故，特别是神话和宗教方面的典故，给我的翻译造成很大的困难，遇到原文不明白的地方，我曾求教于波兰友人、罗兹大学波兰语言文学系波赫丹·马赞教授和科沙林市波中友好协会会长芭尔芭娜女士，得到他们的许多帮助，在此向他们表示衷心的感谢。

去年是诺尔维德诞辰两百周年，向读者推介如此丰富、复杂而伟大的诗人，这本选集只算开了个头。感谢副本制作的邀约，期待能与更多译者、读者共同探讨，如有不当之处，请批评指正。

张振辉

2022年2月19日

目 录

I 诗歌

II 散文

III 书信

I

诗 歌

我的最后一首十四行诗

祝你健康！忧郁的拜伦就这样告别了他的妻子，
也不只一个这样的男人，都这么告别他那反复无常的女人。
我和妻子告别的时候从来不说话，
但我的眼神却永远闪耀着辉煌词彩的光芒。

今天，老天爷还是那么仁慈，
你的明亮的眼睛也在给我闪光，
天上没有遮住我的未来的乌云，
我就这么和你告别，亲爱的，和你永远告别！

永远？如果你要再说一遍，会感到悲哀，
你的眼睛在分别的时刻也会露出悲哀的神色，
以后回想这个时刻你会泪流满面。

但是这种痛苦就像驶过的小船，会很快地消失，
泪水干了后，命运会预示你的欢乐的到来，
你对我的记忆也会马上消失。

3

回忆

给尼娜·乌什切卡斯卡的纪念册写的一首诗

啊！看着和想着那黎明的来到是多么惬意，

灌木丛中的露水在有拍节地沙沙作响。

从窗口吹来的微风就像天使的翅膀一样，

给农舍带来了浓郁的馨香。

茅草屋顶下的鸽子用它的小嘴

啄了一下它身上的羽毛，便躺下歇息。

小溪里有一根坚实的树杆，

它是权力的象征，

但它却不知道，水中还有一缕金色的发丝。

墙上挂着一把成半圆形的钢刀，

就像一弯新月，闪着白色的亮光。

隼鹰的白翅膀上有带血的绒毛，

风吹起来的时候，它想要飞走，

它是那么舒心和快乐，

就像水中飞来的第一只燕子，

在绿色的岸边飞来飞去，

正在寻找它喜爱的紫罗兰。

还有一大群梦想，
一半是白色一半是黑色的梦想，
就像鹳鸟的翅膀，就像春天的风信旗，
一个灵巧的动作，就飞到了一个人的头上。
它宣告热情还在燃烧，
它喷射着白色和玫瑰色的火焰。
它像乱蹦乱跳的火星，
时而燃烧，时而熄灭，
它像林子里的丁香花，
时而开放，时而凋谢，
然后又长了出来。
它不知道为什么有那么多的长吁短叹，
它不要那么多的嬉笑，它在流泪，
在工作，以后会引起人们对它的回忆。

我一想起这些就像见到了自己的亲姐妹，
要紧握着她的手，去参加盛典。
祖辈留下的蜜酒使我两眼昏花，
想起了老家的宅院，
想起了长着白胡须的老人，
还有那些美丽的少女，
和那些害人的巫婆。
我痛哭流涕，让泪水洗面。
以后还会有更加疯狂的回忆，

来吞食我的心，
就像乌鸦嚼食一样。
这是一双已被撕裂的嘴
和一根血红的喉管，
它已经死去，
但是还有一群凶神恶煞，
就像树叶上的虫蚁一样，
在吞食我的心。

*

天使啊！你是一座白色大理石碉堡，
正守护着一个熟睡的人。
你像百合花或者乳汁一样闪闪发亮，
被他那甜蜜的梦境吸引。
天使啊！你要护卫着我们，
让我们的灵车来得晚些，
因为我们这些可怜的人，
就这么一天又一天地过去，
只不过是回忆中的人。

1841.3.20 华沙

孤儿们

你见到了那些孤儿吗，睁着一双肿胀的眼睛，
要强装欢乐。这个小女孩，神色那么紧张，
眼里一阵闪光，就倒下了，
是不是掉进了彩云的床窝？
可怜的孩子们！如果有人给他们提起
过世的父母，他们会有一种幸福感，
因为这给这些童稚的心带来了欢欣，
就像一朵朵百合花，在不断地绽放。
但只要云层下露出了太阳的光焰，
可怜的孩子们！那些百无聊赖的贵人就可以
不受责罚地嘲笑他们。年长的要为他们辩护，
说这很好，"谁叫那些傻孩子哭呢？"
于是又进来一个"欢乐"之客，是不请自来，
看起来就像一株野地里的堇草，带黑色。
他周围的这些忠实的小伙伴都已经疲惫不堪，
他这时也浑身颤抖，脸色苍白，瞅着四方，
只要他的一双蓝眼睛能看到的地方，
到处都是那么凌乱，还有那许多带刺的颈圈。

但不是所有的孤儿都这么不幸，
我见到一个年轻人，他是那么穷困，
母亲在世的时候，他日以继夜地工作，
要努力挣钱，因为只有金钱的伟力
才能使他的母亲活在这个世上。
可现在只剩下了他一个人，
他不时想起母亲临终的时候，
是怎样用一只憔悴的手
在他的额上画了个十字架。
他那时就像夏天雨后的怡然自得，
就像遇到了天使，夜晚伫立在教堂的东边。

我还见到一个孤儿，
他坐在一辆便捷的车子里，在大街上奔跑，
他对所有的人都大声地笑着，
露出了红扑扑的脸蛋。
他的身边还有各种金色的小玩具。
他并不是孤儿，用时兴的话说：
他的名字叫无限的悲哀，
就像在悼词中写的那样，
要让他的亲人、友人与相识和他共享。

后来我还见到了一个年轻人，

一些虔诚的教徒当时都离开了他。

可是如果有人用仁慈的目光瞅着他，

就会有一大群人的几百只眼睛望着他，

他不得不接受这像碎石一样抛来的目光，

因为他是一个不合法的孩子。

他总是被这些目光盯着，

因为感受到了那数不清的伤痛，

他终于失声痛哭。

他有自己的父母，但不知道他们在哪里。

他曾不止一次用额头碰着一堵花岗岩的宫墙，

宫里有一个他不认识的神父，

躺在一张绒毛椅上，在和命运之神激烈地争吵。

可是这个不幸的年轻人，

失去了本来可以获得的希望。

他像一只蝴蝶掉进了蚁窝，

本想张开被撕破的翅膀，

在流浪中去另觅生路，但这一切都白费了，

因为他又遇到了一个不知从哪里来的凶神恶煞，

在他的身前身后，把他又拉又扯，

要砍杀他，这个可怜的躯体，

要吃掉他，这条可怜的生命。

最后我还遇见了一个性情古怪的人，
他在自己的父母死后没有服丧，
他在人前没有悲哀，也没有去父母的坟前祭拜，
只有时他的眼皮下垂，显现出欢乐的神彩。
可是这个人脸色苍白，眼睫毛总是不停地颤动，
就好像从月亮那里学会了使眼色。
这个人从他被送到这个世上就很不幸，
但他没有失望，
他望着天上，要履行他的职责，
但他却很少顾及地面上发生的一切。
因为一些小事他曾受到责难，
他也常常遭到诽谤，虽然他没有任何过错，
就好像命运要把他变成一个小丑。
他摘下了一些他喜爱的小树枝，
还要采一朵玫瑰花……
他是个孤儿，不幸从来没有离开过他。
他抬起头来，带着一个预言家的圣洁的微笑，
对我说，世上并没有孤单。
但我却很不情愿地仰望着天空，
天空里布满了繁星，
我在星星这两个字中找到了秘密，
因为这两个字写得很清楚，
这个秘密的存在毫无疑义。

如果天上的心值一片面包，
我将永远不会和天空分离，
因为那里总是散发着一股浓浓的香气。

*

然后我拿着我沾满了泪水的念珠，
做完了祈祷，周围一片寂静。

*

我见到和听到了这么多的新鲜事，
我要到你们那里去，手里拿着一盏明灯，
给你们说真话，
面色苍白、眼皮发肿的穷孩子们！
你们在那些悲戚的人群中是那么孤单，
但不得不永远面对这眼前的一切。
你们的心跳是那么急促，
这世上的一切都和你们隔绝，
你们是美丽的花朵
被疯狂的命运撕碎，撒在一座新坟上，
或者被编织成苦难的花环，戴在你们的头上。

梦想

我们想这样，
但我们不懂，
要使用，先要得到它，
以免以后去寻找。

     ——扬·科哈诺夫斯基

清晨，当云雀歌唱的时候，我起床了，
我对生命有了感觉，我热爱生命，
但我不知道为什么这一刻感到很不舒服，
就好像闻到周围奇怪地混杂了什么气味。
是正盛开着的堇菜花的芳香，
还是举行葬礼时烧香的烟熏味？

这种不适的感觉我今天早晨就有了，
我吃了一顿美味可口的早餐。
一个迷人的少女当时手捧一束盛开的鲜花，
在和我说话，可她突然变得神情慌乱，
她的话没有说出来，却歪着脸面笑了起来，
她还露出了她的牙齿。

她又说了起来，慢慢地说，毫不在意，
就好像周围什么也没有发生。

这是一种奇怪的感觉。我过去也有过梦想。
我什么都爱，什么都相信，
我也有过幸福！可今天呢？
我很悲哀，为什么？
这个就不要怨了，
还是去呼唤梦想和爱情吧！

我的爱情啊！梦想啊！
请你们到我这里来做客吧！
我请它们，我呼唤它们，
这里到处都是那么寂静，
就好像爱情和梦想
一瞬间都已经死去了一样，
就好像刚刚结束了一场葬礼，
只留下一缕青烟，
还有已经远去的歌声。

但这并不重要，我不要，
我不要一丝一毫的梦想，
因为对一个人来说，

这个世界上一定还有更多的东西，
它们比一个小孩想要得到的
那些没有用的玩具更重要。
是的，一定是这样，一定有，
一定有那些包含着热情和眼泪的东西，
我曾不止一次地在夜里
播下过它们的种子。
但不管怎样，
就像我眼里的花朵已经萎谢了一样，
我再也没有用眼睛去播种了。
如果牵挂这种植物就像那些玩具一样
毫无用处，长不出果实，
那么从眼泪里又能得到什么呢？
可是这些玩具，
我几乎在襁褓中就对它们是孜孜以求的。
我拔掉了初生的小草，又把它们踩踏，
这不是为了玩耍，这是生命的堕落，
从长远看，我在等待这个世界
能够给予我什么，
我还露出了一个刽子手的脸面。

这时在一堆灌木丛中
露出了一个年轻人的额头，

像大理石一样的苍白，

在额头上有两个深深的洞口，

那里面的一双眼睛饱含着泪水，

这个年轻人以错乱的眼光注视着周围。

这是一个晴朗的夜晚，

雾气变成了一条条彩带，

月亮宣告了云层是银白色的。

一个不熟悉的声音

（歌声）

在五月的雨后，

有一泓清泉像彩虹一样缓缓地流过，

我头戴百合花环，

在峡谷里奔跑。

我飞跑，我翱翔，我把身子打了个转转。

我在峡谷里，在一个池溏边，

我看着池溏里水的深处，

就像燕子在找它寒冬的栖息之地。①

---

① 波兰民间传说中，燕子常在水底下过冬。

我飞跑，我翱翔，我玩耍，
我不时向一只小鸟扑去，
不时和云雀吵闹，
就连夜莺也不放过。

云雀和夜莺，
百合花和藤蔓，
池溏和小溪，
这都是我的，这都是我的。

年轻人

这是什么，这是什么歌？夜深了吗？
孤独的处境是不是很难熬？

一个不熟悉的声音

哎呀，这是哪里来的哀声叹气？
你不久前还激动地高喊，
说你真的受不了啦，你需要救助。
你有你热衷的梦想，可它在一刹那间消失了，
在你的葬礼上，只留下了一缕轻烟。

（静寂）

你听我说！你对我很熟悉，我的思想对你，
对许多年轻人都很容易接受，都是那么亲近，
就像罂粟花冠旁长着像缎子一样光滑的枝叶。
我是美人鱼，我曾幻想过许多美好的情景，
这是一个年轻人的幻想，
不知为什么，这又是一个孩子的奢望，
美人鱼不止一次乞求过人们对她的叹息，
为她落泪，哪怕一滴真诚的泪水。
她终于听见了几声叹息，泪水掉在了她的手心上，
她用它把枯枝润湿，使它们枝繁叶茂换新颜，
于是到处绿茵一片，草木长出了幼嫩的新芽，
她擦了擦她那睡意浓浓的眼皮，问道："谁在叫我？"

年轻人

够了，够了，这些小玩具！我都不能用来玩耍，
因为我有一种更强烈的感受，
它不仅驱散了我的温馨，而且使我陷于忧患，
因为我已没有时间可以等待。

美人鱼

那么你诅咒吧！但要想到忏悔。啊，你这个怪人！
你会感到遗憾，因为你经历了这个时刻。
你的生命是什么？只是这个世纪的一瞬间。
世纪是什么？一百年，它也要逝去，它不会永远。
一个人的生命对它来说又算什么？
啊，我的朝圣者！你就痛哭流涕地和我告别吧！
我要在歌声中和你把欢乐共享。

在五月的雨后，
一泓清泉像彩虹一样缓缓地流过，
我头戴百合花环，
在峡谷里奔跑。

我跑啊，跑啊……

年轻人

滚开吧！温情和怠情的女人！
我不要那腻味的乐趣，我宁愿孤身一人，
我要研究——追寻——那未知的感觉，

它就在我的心中——那是对世间的伟大有了感觉。

美人鱼

好吧！那你就留下！你要记住，
往后不要吝惜你的疯狂！
留下吧！我要让你去那遥远的地方！
我要展示我的魅力，因为我会创造奇迹，
创造奇迹也不是每个美人鱼都能做到的，
我只要睁一下快乐的眼皮，
拍拍手，叫一声："我的花朵，
还有那个跑得最快的人！"
他马上就会跑过来，
他会穿越荆棘、坟墓、田野和平地。
玫瑰和百合花被摘了下来，矢车菊在地上爬滚，
丁香花到处飘飞，脚下的土地；破裂了……
可我仍在不断地鼓掌，我像离弦的箭一样地飞跑，
一边哼着一首快乐的歌，
一边看着那些花朵要跑到那里去。
可我只要停了下来，所有的一切都在我的脚下，
会在我的脚下生根发芽，
就好像它们并没有感到疲劳，也没有离去。
就好像不时也有一个园丁来到这里，

在这里撒下各种各样的种子，
于是鲜艳的花朵竞相绽放，
那些幼芽也半睁着眼，像在偷看着什么
它们把头都抬起来了。

年轻人

滚开吧！徒劳的幻想，难道你没有看见，在远处
闪着星火，啊！天空里也燃烧起来了。
可有一支军队见到后以为自己遭到了攻击，
就像一条蛇的身上被重重地踩踏了一下，
它的嘴里吐出了可怕的毒液，然后它又蜷缩成了一团。
这是战争的噩梦，这个噩梦会创造奇迹，
就是魔鬼也造不出来的奇迹。
这个战争的恶魔飞舞着手中的剑，厉声地叫道：
"嗨！谁想要月桂花？"这时突然来了一群人。
他们从一些尸体上跳过，拼命地追赶，
那凶狠的目光就像坟上的阴火，
他们有的仍在追赶，可有的又倒下了，
不管上天如何安排，只要得到那些月桂，
哪怕它的一些枝叶。

（回声）

他们要的是月桂的枝叶！

美人鱼

啊！你感觉不好？这是一些多么可怕的东西！
你说你全身发抖！相信我，亲爱的，
你中了剧毒，你受了伤，伤得很厉害，
我的魔法也不能把你治好，
我只好和你永远告别了！

于是在密林深处，可以听到伤者低声的哼叫，
他已经晕了过去，他停止了呼吸，死了。
这时又可听到榛树枝叶的嗖嗖声响，
然后又是一片寂静。

啊！这样便释下了一个心灵的重负！

年轻人
（十分高兴，急忙站起来，叫道：）

我现在很健康，我力大无穷，
虽然我经受了可怕的折磨，
虽然吸血的螨虫给我带来了极大的痛苦，

可我对于苦难却毫不在意，我蔑视痛苦，
我已经给自己准备了这杯婚宴的交杯酒，
我的嘴碰到了这个酒杯的金边上，
我是多么幸福，
我要唱一支幸福的歌！

"青春啊！你展翅高飞，
两眼望着太阳，
你对全人类
都有了最深刻的认识。"

笔

并不关心批评家先生们在评论中
说出的那些糟糕的俏皮话。

——《别波》①

你被赋予了黑色的灵魂，而不是天使的灵魂，

你的白色的头发擦破了你丰满的颈项。

你的右手因被烧伤，不停地颤抖，

它是那么长时期地把你折磨，

给你带来了无尽的痛苦。

栏目中画的圆形的零蛋就像一个格罗什②，

它们放得很整齐，像篮子里的鸡蛋，有一定数量。

但是你要小心，要写得慢点，因为

你写出的字母会很快地冒出火焰，

你写出来的问号就像折弯了的钓鱼竿样，

你想表达一个思想，它就像一个鱼鳃，

在不停地拍打中闪闪发光。

---

① 拜伦的叙事长诗。
② 波兰货币单位，相当于一分钱。

笔啊！你是我的天使的翅膀，像风帆一样，

你是摩西泉①中一根魔幻的搅拌棍，

可以用来画一道彩虹。

你不会有鹦鹉学舌的感觉，

也不会有蓝胸佛法僧②的幻想。

你是一只隼鹰，能够阻挡狂风的袭击。

这里既没有骄阳的烤晒，

也没有阴雨天，

既然是一种野性的独立自主

要到天上来掌握方向，

就不要戴上金边的帽。

你虽然不断遭受

狂风暴雨的袭击，

但你的身上也不会沾上一滴水，

你是一支用鲜血来描写传染病的笔，

是一支被绑在毛发上的箭。

1842.3.22 华沙

---

① 摩西带领以色列人出埃及，在旷野漂流了四十年，期间曾以手杖击打岩
石，使水流出。
② 一种鸟的名称。

告别[①]

爱情和歌使世界受到了嘲弄，

我愤怒，在我的心中，世界是空虚的，

人都说：有了荣誉和欢乐，就会失望，

欢乐像针刺一样，荣誉就是悲哀。

——布罗尼斯瓦夫·扎列茨基[②]

别了，亲爱的墙垣！

这里有我儿时呵护过我的小床。

基督被钉上十字架的灵光

迎来了五彩缤纷的朝阳。

可今天，在它的周围，

却长满了寄生的小草。

那个用小草编织的褐色的十字架

为我的离去在给我祝福，

这是我能与之告别的仅有的遗物。

---

① 1842年夏天，友人资助诺尔维德去德累斯顿学习雕塑，从此他离开华沙，再也没能回来。
② 诗人的好友，两人常通信。

它不仅是家里的遗物，
也是墓地里的遗物。

我还要和你们：窗玻璃和
彩虹的光芒告别，
你们就像我家里必不可少的
一幅幅彩画，一张张圣像。
在你们身上，我首次
见到了这里的乡村和天空，
我相信你们画的都是乡村和天空，
就像我见到了它们一样。

乡村和天空——这两个宝贝，
对我、对孩子们
就像朝霞一样地迷人。
它们是蝴蝶的翅膀，
乡村和天空曾伴我的一生，
蝴蝶的翅膀常在我的耳边
发出扇动的响声。
金色的穗子生长在土地上，
太阳的穗子闪着金光，
它们的顶端都连在一起。
我在它们的顶端打了个神秘的结，

便毫不犹豫地飞向了天空，
我要永远飞在天上，
但是我的泪珠就像一颗颗钻石，
粘在我的眼皮上，
然后又掉进了黑夜的深渊里。
我孤身一人在外，
想得到一块面包，
一块浸透了泪水的苦涩的面包，
这是一个孤儿的面包，除了悲惨的命运，
就是我被离弃的家园和田地。

斯芬克斯被认为是一门学问，
它伸出了宽阔的翅膀，
写上了象形文字的翅膀。
我落入了它的圈套，
我看着它的翅膀，
原来是一卷羊皮纸的书稿。
我把书稿打开，
里面写着一些神秘的文字。
我看着这些残缺的文字，
在那一大堆像咖啡豆一样
黑色的字母中，
战斗的思想占了一席之地，

但战斗的历史已经过去，

只留下白骨和苍白的沙土，

还有那罪恶的可悲的统治，

这都是些毫无价值的遗物，

毫无意义的遗迹。

但这之后，我又见到了一个欢乐的世界，

因为那里的人一半是天使一半是人，

我把这看成是一个欢乐的世界。

这里没有完全的天使。

但有纯真的爱情，

和死去的骑士的身影。

这些身影虽然迷人，却不十分清晰，

要相信它们的存在，但不要嘲弄它们。

后来我还见到了一些朋友，

都是一些值得怜悯的人，

但我要说他们有什么目的？

好的目的还是不好的目的？

有没有好的心思？

他们都是穷苦人，

一些最普通的老百姓，

对大世界表示厌恶，

如果没有痛苦便是快乐，

这都在午前的睡梦中，

他们在梦中高兴地见到了自己的童年，
他们并没有想要算计什么，
对仇恨也能够分担，
可怜的人们！希望他们的品德
能够照亮他们生命的夜晚。

我还能说什么呢？
我除了哭泣，又能如何？
我看了看地面上，
我只能在地上爬，像疯人一样地爬。
当我想到了记忆的花朵，
我的蓝眼睛便闪光了，
我和那些年轻人一样，要升天了，
在云彩旁一闪而过，
只是他们的铁十字架生锈了。
床头绿色的绒毛只留下了残余，
还有映照着彩虹的窗玻璃，
这些回忆给我带来了
千百种快乐的感受，
因为我在彩虹中看到了我的新生，
这是造物主赐给我的彩虹。
群山在远处显现，
云层布满了天空，

就像一群鸽子，

见到什么都感到害怕。

但是太阳马上从云里出来，

月光重又显现，

世界终于获得了新生。

天鹅展开了白色的翅膀，

耶和华说过，

这是天上一条七色的彩带。

洪水之后便是黎明

我在黎明时刻宣誓，

以天主的名义，

我要做的一切都能做到。

如果暴风雨呈现明亮的色彩，

而所有的天空都布满了乌云，

那么这一切又将如何？

如果斯芬克斯的学问

成了没有用的两栖动物，

灰色的路面铺上了花岗岩，

我会捧着祖辈的骸骨，

不高兴地叫一声：

"告诉我！为什么会这么漠不关心？

难道根据经验，这就是理想？"

闪电过后天空出现一条火红色的彩带，

我在泉水中洗净了胸口上的血迹。

我在洗着胸脯，我在拍着胸脯。

带着哈罗德[①]的感觉

我陷入了苦痛，

我用一句老话，和天上告别：

"主啊，你会得到幸福！"

————————

① 指英国盎格鲁-撒克逊时代的最后一位国王哈罗德·戈德温森，又称哈
罗德二世。1066年10月，他与诺曼底公爵威廉会战于黑斯廷斯，战败阵
亡；威廉加冕为王，英国被诺曼底征服。

亚当·克拉夫特^①

你在医院里结束了你的生命，
被人们看成是一块没有用的石头，
但它却教育了人们从善。
你的说话声还能听见，
你的心仍在不停地跳动。
你在医院是因为过多的牵挂而死的，
这虽然令人悲哀，但可以相信，
这块石头已被雕成一个高贵的形体，
一个有着虔诚信仰的石十字架。

你在祈祷。
这是一个哥特式的大厦里的柱子，
你爬到了这个柱子的顶上。
天主的脚下踩着一个花圈，
你的肩膀上披着一缕藤蔓，

---

① 　亚当·克拉夫特（1455？—1509？），德国雕塑家、建筑师，代表作有
圣劳伦斯教堂礼拜堂、纽伦堡苦路。

你的圣洁的脸上也开花结果了。

这不是雕塑，这是守卫在祭台前的

利末们①唱的赞歌，

它是心灵里孵出来的东西，

不是从地里挖出来的东西。

谁没有看见它，也见不到它的影子。

你的一生充满了幻想，

带着一种神秘的不知为何的颤抖。

在时至今日发生的那许多事件的

天蓝色的背景下，

你没有给参观者指错路；

参观者在离开教堂时

也没有对你作出评价。

你走到哪里，哪里就有

教堂里的拱门连着拱门的倩影。

你是一个在黎明中醒悟的预言家，

却不能很快地离开梦的阶梯。

你会在魔幻的沟渠里迷失方向，

但你也会得到封赏。

大师啊！你的肩上负着

_____

① 以色列人的十二支派之一，专责祭祀和圣殿事务。

你最喜爱的作品，

你这么负着是没有错的。

参观者没有给它作出应有的评价，

但他们的标准也毫无价值，

因为你的作品已超出了他们的想象。

可你仍背负着这一切，

离开了这片土地。

大师啊！你给另外一些人也展示了你的范例，

告诉他们要走一条什么路去寻找真理，

他们都懂得，因为你以你的行为

给他们上了生动的一课。

你展开了你天使的翅膀，

要飞得高，看得远，

在月桂的枝叶上有眼泪，

在大地的荣誉上有痛苦和罪恶，

但要以福音书的宽容去对待这一切，

如果有参观者像耶路撒冷的女儿

去到耶稣的坟墓，

他们在那里只见到了一条麻布①，

便会叹息这是一座空城，

---

① 指耶稣复活后，存放尸体的坟墓里留下裹尸布。

并且对耶稣说："你在医院里是因为
过多的忧伤而死的，令人痛惜。"
你对他们也该有所谅解。

1842.10.20 纽伦堡

我的歌（一）

> 波洛涅斯：让我再去对他说话。
>
> ——您在读些什么，殿下？
>
> 哈姆莱特：都是些空话，空话，空话。[①]

糟，到处都那么糟，永远是那么糟，

这条黑线把我们都捆在一起，

它在我的身前身后，在我的身边，

在我的每一次呼吸中

在我的每一丝微笑中，

在我的眼泪、祈祷和赞歌中。

*

我扯不断，因为它很有力，

也许它很神圣，虽然它不正确，

也许我根本就不愿把这根带子扯断，

可它却无处不在，哪里都有它，

[①]　原文是英语，中译引自朱生豪译《哈姆莱特》。

只要我在什么地方，它就在那里。
在翻开的书本中，
在一束鲜花中。
它会变得很细，
到了秋天，在草地上变成一缕细丝，
这缕细丝先分散开，然后又卷起来，
变成一根新的环带。

*

我没有像孩子那样地哭，
因为我取得了胜利，
让这些人为我举杯吧！
他们还要献给我花冠，
我把它戴在头上，
我干杯了，我身旁有一个人
对另一个人说我是疯子。

*

但我满心欢喜，
我举起手，然后又放下来。
可是我的右手突然动不了啦！

他们见到我大笑起来，

好像我已经失去了一只手，

我的手被一只黑色的环扣扣住了。

                 *

糟，到处都那么糟，永远是那么糟，

这条黑线把我们都捆在一起，

它在我的身前身后，在我的身边，

在我的每一次呼吸中

在我的每一次微笑中，

在我的眼泪，祈祷和赞歌中。

                 *

我没有像孩子那样地哭，

因为我取得了胜利，

诗琴，你的金弦不要抛弃我，

我有黑森林村的事情①，

我要医治我的心灵！

---

① 波兰的第一位伟大诗人扬·科哈诺夫斯基（1530—1584）出生于拉多姆
市的齐岑村，在齐岑村和附近的黑森林村度过了童年。诺尔维德崇拜科
哈诺夫斯基，把写诗称为"黑森林村的事情"。

我开始弹琴……

　　可我感到更加悲哀了。

　　　　　1844　佛罗伦萨

致我的兄弟路德维克

在我的这封信上，有一把外国的沙土，

我在北方有许多想法，

要给你描绘整个世界的图画。

一般地来说说我每天都做了什么：

我教会了土地认识字母，

从这封并不是很重要的信中，

从这里所表示的一些像上帝的原子①一样的思想中，

就好像我要告别那阴暗的坟地，

以人的技能铸造一个小的地球，

养护世界上的森林，就让这个地球沸腾起来吧！

只能管原子那小的事物的统治者，毫无意义的幻想。

虽有许多平常的事，但也有不平常的事

使我们感到高兴，但是这些事情需要办理。

让我们望着天上，往高处看，

---

① 德谟克利特认为原子和虚空是宇宙的本原，灵魂也由原子构成；诗人认为上帝的原子带着宗教意识，可以穿透一切阻挡，深入人的思维中。

即便双手被捆住了，也可以纺纱织布。

在赶赴天堂的盛宴的人中
像亚希雅①这样的预言家是少有的。
那个部族的核心并不是一个闪耀着光芒的核心，
每年春天生长出来的东西，到了冬天就会被损坏。
但是从这些损坏的东西中又可以打出明亮的火花，
我要给你的东西更不会失去。

因为任何思念都不会消失，
任何痛苦都不会没有回报，
任何微笑都不会毫无价值。
有这样一个天使，他用他的翅膀
既展示了他的笑容，又抚慰了别人的痛苦，
并且能够防止人们感觉不到的混乱局面的产生。

这是一条在生命的高塔上的路，
去那里要上许多台阶，
这些台阶越往上越狭窄，
但也越来越显得明亮、显得透明，呈金黄色。
走在这些台阶上，像在梦中一样，

---

① 《旧约》中的一位先知。

一个人的心在不停地跳着，每一个台阶都好像伸出了它
　　的手，对你表示欢迎。
你在每一个台阶上，都可以看见云彩和各种幻影，
可是站在这些台阶上，会感觉到
脚下好像踩着一堆干柴，
不时发出咔嚓的响声。

我见到过许多这样的事，
这就是命运，青春的命运。
我爱深色的梦幻，但是这种梦幻
因为空洞无物又显得单调无味，
就像地面上轻轻地飘起了一些花朵，
就像长在粪土上的高高的茎秆。
在白色的珍珠苦菜中可以榨出甜汁。
我爱喝这样的甜汁，
但是这种甜汁也太少了！

我中毒了，你知道我中毒了吗？
（但我想到了我有抗毒的机能）
我现在要说什么呢？我要说的是：
会有一些腐烂的东西就像死了的鸟一样
从天上掉下来，然后被风吹散，
落入尘埃，成了一具具尸体，

被埋在一些蚂蚁窝里。

＊

我嘲笑爱情，要对感情进行报复，
我还要提出几种毫不留情的理论，
就像一座被损毁了的犹太教堂上的几块石头
使年轻的心也变得冷酷无情。
但我也要爱，要让人们喜欢！
难道上帝的火不愿为人类效劳，
不愿用他的火光把那些黑暗、漫长
和我们不熟悉的道路照亮。
如果一个人是自由的，他会感到高兴
如果他做每件事都是被迫，就会感到悲哀。
很明显，为了几根麦穗的生长
就要把田里的野玫瑰除掉。
不管你怎么想，你也得相信，
一定要这么做。

我已经承诺，我要给这个世界做点什么。
我写了一封信、我有思想，
我选择了一条道路，
我也流下了眼泪，

是不是这样，才说明了一个真实的存在？

才能够给人们以警示？

有人对我说："在这个世界上，

只有消灭了不幸，才有幸福。"

我回答说："夏天的太阳是什么？

是不是睁着两眼看地球的那个东西？

地球上是不是只有白天才没有阴影？"

还有人对我说了一些另外的话，

这就是只有把旧的生活遗忘，

才能创造新的生活。

有了甜蜜的新生活，就会把幸福遗忘。

当我仔细地看你，我发现你虽然没有感情，

但你有很多牵挂和愿望，

你比全人类都站得更高。

作风！你是否存在？你有没有感觉？

你既不能给别人以救助，又不会背叛，

那么你为什么成了经验的集中表现？

你不会和我们一起死去，

你有主张，但你会出一些很坏的主意……

　　　　　　　　还有，

还有在这片土地上，
即便是在一个粪坑里，
也可能发生伟大的事件。
智者把大海称为世纪，
从玫瑰花蕾到坟墓。
所有这些可笑的但又是普遍的称呼，
都有一个伟大的名字叫一切，
整个大地就是一个艺术家。

我赞同土地也是艺术的看法，
我瞭望大海，我爱观赏玫瑰花蕾，
但我总像喝醉了一样，弄不清方向。
我不敢称呼世纪，也不认为我
这么长的时间会迷失方向。

我看到了我的坟墓像别人的坟墓那样，灰尘很少。
我既没有获得头衔的快乐，也没有痛苦，
快乐和痛苦这些字都不会粘贴在我的坟上。
我的坟上也没有野玫瑰，只有上帝的
许多秘密中的一个秘密，
它就是救世主在这里留下的记号。

路德维克！在历史的长河中，
那些没完没了的幻觉总会要对你进行忏悔，
你也看见过它们的翅膀。
我曾经倒下，也许还要倒下，但不是现在。
天亮了，我看见云团上长出了白色的羊毛，
如果真的是这样，只弟！

我还是我，永远不会改变。在这个世界上，
能够深信不疑的事物并不多见，
在每一种甜食上都可以撒上尘土，
对痛苦要表示同情，
即便不容易做到，也要有这种表示。
有两个女儿都是一个后妈生的，
她们要来和我们拥抱，
就像我们的亲属一样，为什么？我不知道。

但我不会先来诅咒这个世界，
我对它就像它对我那样。
我不是灵魂，但有时候，
灵魂却在我的梦中，
还有几天，我就要对生物体进行改造，
使它变得更加灵巧，这是很值得的。

只要是能生长的东西，就定会开花结果。

在一个人要做的事中，

总有一件是最重要的，

有一个所有权的存在，

这个所有权是我的。

如果信仰已不存在，

我不相信会有幸福。

我相信秋天，

相信这是一个北方的标志，

我看了每一封信，

因为我被这些信迷住了。

致尤泽夫·博赫丹·扎列茨基 ①

一

这道绚丽的彩虹就像一位显贵的夫人，

闪现出绿色、天蓝和红色的光彩，

可是云层远离了她，

羊群也失踪了，

谁要是愿意，就去寻找吧！

二

啊！七弦琴弹出了卡累利阿人②的金色的乐调，

这是嘴里唱出来的和七根弦弹出来的乐调，

它响遍了天下所有的店铺。

这乐声虽比唱出来的歌声更轻柔，

但它却像一支被损坏的竹笛的吹奏，

---

① 尤泽夫·博赫丹·扎列茨基（1802—1886），波兰诗人，参加过十一月
起义。

② 波罗的芬兰人的一支，历史上居住在卡累利阿地区（现分治于俄罗斯、
芬兰、瑞典）。

它是一个盲人流浪者的诉怨。

三

先生！你像你的先辈一样，
继承了他们优良的品德，
你来到了天边，来到了墓地里。
这里有长了翅膀的爱神和天使
像一块红宝石，
掉在了你的花园里。

四

我是一个孩子，站在
花园的门缝前直打哆嗦，
这里有来往的客人，我很害怕。
我最怕你，花园的主人，
你那里有许多鬼魂，恶人的鬼魂，
钟声召唤着人们去做祈祷。

五

我是一个孩子，停留在十字路口，不知去向。

在长满了赤杨林的沼泽地的那边，

有一些不很清晰的身影发出了呻吟，

仇恨像饥饿一样，折磨着我备受煎熬的心。

      六

我一生出来就被风卷走了，

云雾里裹着一个死去的孩子，

没有基督的血，也没有争斗。

坟地上埋着许多老百姓，

还有三个女人创造的奇迹，

还有艺术品和一些女祭司。

      七

有人一只手抓着一个十字架和一杆梭镖，

另一只手抓着一把海绵，

他的脑门上戴着荆冠，头上顶着月亮，

指南针给他的身影指明了去向。

只要擦干舞台上的血迹，

悲哀也会使我们感到欣喜。

八

有没有很多时间，去为波兰赎罪？
要写一首长诗，让一百阵大风
把它的词句吹到大森林里去，
吹到草原上去，
到那个时候，
在草原上便可听到它的回声。

1847 罗马

除夕的赞美诗

为了证实对希耶罗尼姆·卡伊谢维奇神父应当表示敬仰
而写的一首诗①

一

啊！感谢您，人民的父亲，上帝！
您给了我们可以自由耕种的土地
既没有被海水淹过，
也没有威严的大山在它的近旁，
只有您为它敞开了胸怀。

二

因此在这个舞台上没有敌人，
只有一个能够保证安全的大人物，
他虽然没有武器，

---

① 1842年，希耶罗尼姆·卡伊谢维奇等三位波兰神父在罗马建立了一个波
兰天主教僧团，叫"复活者们"；1848年，诺尔维德来到罗马，和神父
见了面，并和僧团成员们一起做祈祷。

却能从两面对付敌手，
就像那明净的天空上的一颗星。

三

主啊！我们还要感谢您，
我不会因为桂冠的荣誉而陶醉，
也没有得到过暖风的抚慰，
也不会变成那树上和花上的可爱的蝴蝶。

四
.

我们都望着高高的蓝天，望着您，
而您却来到了马厩里，来到了人间。
您躺在一个装马饲料的槽子里，
躺在一堆枯萎的小草上，
可是当整个世界都在坟墓里颤抖的时候，
谁能接受大地表示的殷勤。

五

我们要感谢您，
右边有波兰的领土，好像是无边无际，

那里有像云雾样的大片密林，
从那里看世界，世界真的
分成了光明和笼罩着阴影的两半，
就像魔幻中一样。

六

您在各民族处于混乱状态的时候，
用火光照亮了他们居住的地方，
用环扣划分了海洋的范围。
您没有用大山来压他们，
而是在游戏中进行创造。

七

我们都来到了您——主的身边，
我们虽然贫穷，但感到无上荣光，
虽然痛苦，不停地哭泣，
但依然能够忍受，
我们更希望每天都能
长出八扇翅膀。

八

我们还要感谢您

为我们建立了一个痛苦的国家，

编织了许多殉难的王冠，

制造了高贵的梦幻，

人民大众的名字就叫苦难，

可您为我们打开了无限广阔的大门。

1848 罗马

时间

时间的前行到了终点，
历史不复存在，
创造只是在无底的深渊中。
万岁！为什么要接触
这么大的一些题目？
人人都标上了种族的印记，
嘴里能说出各种各样的话，
在一个国家里，
人们的心迹的宣布和流淌
总是在一起的。

但历史还有没有做完的事，
就像大块大块的岩石
依然耸立着它们的臂膀。
要防止谬误在胸上的返回，
要发誓卸下不堪脑力的重负。

但历史还有没有做完的事，

我们的星球还没有

燃遍良心之火。

1849

白色的大理石

美丽的古希腊，你那大理石的肩膀令人惊异。

你心地善良……我要问，荷马现在怎么样？

他是否还在叫你对他的合唱组唱星星之歌？

他的坟地或农舍在哪里？说吧！就小声地说吧！

埃格的海浪冲击着岩石的海岸，奏响了诗的韵律！

人人都喜爱的古希腊！菲迪亚斯①怎么样了？

他是不是教过你让那些观众的身子都适当地歪着，

像上帝一样缓慢地前行，把躯体当成是灵魂？

他是不是被关在监牢里？小米太亚德②是不是在打扰？

地米斯托克利③、修昔底德④、客蒙⑤……难道都是罪犯？

---

① 菲迪亚斯（前480—前430），古希腊雕塑家、画家、建筑师。

② 小米太亚德（前550—前489），古希腊军事家，领导希腊人赢得马拉松
　　战役，被控叛国，在囚禁中死去。

③ 地米斯托克利（前524—前459），古希腊政治家、军事家，领导希腊人
　　赢得萨拉米斯海战，遭陶片放逐。

④ 修昔底德（生卒年不详），古希腊政治家，可能是历史学家修昔底德
　　（约前460—约前400）的外祖父，遭陶片放逐。

⑤ 客蒙（前510—前450），古希腊政治家、军事家，小米太亚德之子，提
　　洛同盟的创立者，遭陶片放逐。

古希腊啊！那个甜蜜蜜的亚里士多德现在怎么样了？

是不是有人学会了原谅别人，

而他自己就像流放者那样受尽折磨？

老福基翁①在争夺荣誉，

你是不是给他下了毒……苏格拉底又怎么样？

啊！女士！

蓝眼睛，雅典娜的侧身像，雕得很匀称。

这是你的神庙的废墟，就像你一样，很俊美。

见到它很高兴，告别它依依不舍，

露水浇灌的堇草流下了眼泪，

只有它在流泪，它长出来就是为了流泪。

---

① 福基翁（前402—前318），古希腊政治家、军事家，曾在柏拉图门下学习，被控叛国，遭饮下毒堇汁处决（和苏格拉底一样）。

秋天

是的！踩在荆棘上比踩在泥泞里
　　　　更加可以忍受，我也愿意。
标枪上长出了幼芽，泥泞里有那么多眼泪，
　　　　在云雾中叹息。

这是一个金色的清晨，
　　　　任凭彩虹在天上飞舞。
人们高举大旗归来，带来了新的消息，
　　　　带来了一张收条。

啊！踩在荆棘上比踩在泥泞里
　　　　更加甜蜜，我也愿意。
标枪上长出了幼芽，泥泞里有那么多眼泪，
　　　　在云雾中叹息。

　　　　　　　　1849

诅咒

没有一个波兰国王上过断头台，

因此有个法国人对我们说：你们都是暴动分子！

没有一个波兰的僧人亵渎过品德，

因此有个异教徒对我们说：你们也是异教徒！

没有一个波兰的犁犁过别人的田地，

因此我们会被看成是盗贼。

没有一个波兰的灵魂抛弃过自己的人的精神，

因此会有人教我们，什么是历史。

但现在是贵族和基督的时代，

是良心说话和知识无言的时代。

是时候了，道路在前面，
可怕的是，今天又对上帝产生恐惧了。

我们的土地之歌

直到（用拳头）打起来，
我们才看到了，谁的法律更好。①

一

那个最后一个绞架闪光的地方，
是我的活动中心，是我的城市，
首都也建在那里。

东方有骗人的智慧和黑暗，
用以责罚的皮鞭、对金钱拜物教的
毫不留情的批判，麻风病、毒品和烂泥。
西方有骗人的知识和闪光，
有形式主义的真理，没有实质性的内容，
却自以为是。

---

① 这是英国国王亨利五世（1386—1422）写给贝德福德公爵约翰（1389—1435）的信中的话，原文是法语。

北方：这是东西方的交会。

南方：在对恶人的愤恨的怀疑中，

　　　　有了希望。

　　　二

因此我闭上了眼睛，耷拉着脸面，大叫了一声：

叫一个笨手笨脚的人擦掉我身上的冰雹吧！

　　　就像初生的小草。

或者，我要耸一耸我的肩膀，

一个并不引起注意的星星长着金色的羽毛，

　　　是不是从睡梦中清醒过来了？

因此我没有感觉到我在火山上，

我像一个小岛，这里有采集葡萄时流下的眼泪，

　　　有乌黑的血！

你知不知道，我的胸中燃起的是什么火？

要爬到哪里去？什么时候就不再干了？

　　　要皱起眉头。

三

脑袋里织不出精神之布，
但我要等待，我，一个愚蠢的斯拉夫人，
　　你，西方！

东方！对你来说，这是和你告别的一天，
因为你的地域虽然广阔无比，
　　但你没有灵魂。

南方！你对我鼓掌，在显示你的力量，
我对你也露出了我的脸色。了无声息的北方！
　　我已经站起来了。

我把人民看成是我的兄弟，为它的痛苦流尽了眼泪，
因为我知道，它拥有的一切，
　　就是我不得不忍受的苦难。

无尽的伤痛 [1]

一

我为什么悲哀，为什么悲哀至极，
我要给你唱歌，唱世界和时间之歌。
啊！我见到了这把大诗琴的琴衣，
它密密地织着我们每个人的灵魂。

二

我知道，每一种快乐都有
另外一个意思，用快乐擦干眼泪。
我知道，每一个生命都有自己的奴仆，
我知道，我既要祝福，又要诅咒。

三

我为什么悲哀？因为我不愿悲哀，
我离不开谎言的身影，我要把它藏起来，

---

[1]　原文是拉丁语。

把它从树上砍下来，留作纪念，
但这很难。

四

我很悲哀，悲哀深入骨髓，
我不知道，这一大群人
是不是要演一出可怕的喜剧，他们睡觉的时候，
总是哼着："这个世纪就是这样！"

五

我很悲哀，越来越悲哀，
我的胸脯和我的生命都变得不像个人了。
我不知道，我能不能恢复正常，
我不知道，我什么时候能吃饱肚子。

六

我不知道，我是否将来也不知道，
我的生命在这里将愈来愈得不到尊重？
这句话我说出来并不难，
可我们都从梦中醒来，"又回到梦里去吧！"

祈祷

主啊！你在所有的地方都在对我说话。
在漆黑的暴风雨中，在雷鸣和拂晓中，
在用友谊的手和世界的打斗中，
这是对我的赞誉，但这不是你的花朵。

这是乐趣，这是逗笑，
七重天上散发着夏天的气息，
因为你给了大地最美好的恩赐
当人们伤心流泪，两眼看不见的时候，
你为他们恢复了光明，
使整个天空都闪耀着光彩。

那些人们居住的古老的房舍，
拱门和廊柱都依然存在，但是有些
却已经倒塌，变成了灰土。
只有树上生长着茂密的枝叶，鲜花盛开。
这就是一切。

主啊！我不知道怎么回答，

所以我沉默不语。

我怨恨那些得到祝福的人，

因为这会使母亲感到痛苦，

可是在这种痛苦中又会产生热情。

我把世界的四方都挑在自己的肩上，

我享有你的一切完满，

但我只能这么说，我在"欺骗"！

我又回到了我的童年……

我是一个记号！

我不会说话，主啊！你要我说话，

那就叫那些会说话的人去说吧！

因为你的举荐，我成了耶和华的见证人，

在你的怀中我见到了天使，

天使对我说，开口说话吧！

短诗

你给什么人掘这坟墓？[1]

一

在整个人类的狂风暴雨中，

如果波兰走的不是银河道，

如果波兰不是民生的，

就让她长年在沙皇的统治下吧！

二

如果波兰要处于无政府状态，

或者要解决社会主义的问题，

我宁愿接受泛斯拉夫主义[2]，

长年在莫斯科佬的统治下！

---

[1]　原文是英语，中译引自朱生豪译《哈姆莱特》。

[2]　19世纪的重要社会思潮，认为斯拉夫各民族应当形成整体，接受俄罗斯的领导，对抗奥斯曼帝国和西方；这些愿望至今仍在文化和地缘政治上产生深刻的影响。

三

这里有两个巴掌，在拍打着膝盖，
连桌子都震动了。桌子后面有一堵墙，
墙上的钉子挂着一个石膏做的十字架，
这个十字架也震得从钉子上掉下来了，
像撒下了一把雪。

　　　　　　　对话结束

在维罗纳 ①

一

在卡普列迪赫和蒙特基赫的一栋房子上面，
有一只蓝色的天眼放射着柔和的目光，
它曾被雨水清洗和雷电袭击。

二

它看着那些敌视它的城堡的废墟，
看着它们已经倒塌的城门，
看着从天顶上落下的一颗星。

三

一些柏树在说：这是从行星上
掉下的一滴眼泪，为了罗密欧和朱丽叶，
渗透了他们的坟墓。

---

① 意大利地名。

四

人都说，教师们在课堂上也说：
这不是眼泪，这是石头，
谁都没有等着它的出现。

我们的叙事诗

一

在对一段历史的研究中我学会了读书，
骑士啊！我要给你唱一支歌！
你身材高大，可你却转身背对着太阳，
太阳在一条小溪中闪着金光，
使一副铠甲闪着火光，
又在玩弄着一个被抛弃的马镫子。

二

我承认，对你的面饰，我不会赞颂，
因为你把你的形体已经分成了许多部分，
可是你的心跳我感觉得到，我要分担你的忧愁。
啊，老朋友！这是英雄壮举。
我说，我还要分享你的热情，
这种热情我从你历来的讲话中感觉得到。

三

我记得，有一张深色的卡片上画了一个小孩，

（我还记得那张卡片的颜色）

这个小孩弓着身，用双手支着脑袋，

啊！我从我所阅读的和可以读到的书中，

对宇宙有多少了解。

周围的一切是那么令人悲哀，

灯火熄灭了，

（什么东西都一钱不值！）

一些年岁大的人突然叫了起来，

可我已经看到，这里只有几页书，

最后你会用针头去点出书里的那些字句。①

四

这就是说，我爱你，我说的是不是真话，

你看我的回忆便知道，我在这里已经提到了它，

这是一种没有写出来的回忆，我没有以创作来温暖自己，

但是我要写，我要唱，就像我过去那样。

---

① 当时波兰人的阅读习惯。

五

是的！你现在又站在我的眼前，

但你的身子被你披上的一件生了锈的铠甲遮住了。

你使人感到悲哀，就像一条蜷缩起来的蛇，

可我有我的杜尔西内娅①！

六

是的，这里没有笑声，没有，

不管是对观众，还是对读者都没有人露出笑脸，

那么对我们呢？我说对我们，就是我们这些

战斗在一起的暴动分子，虽然我们微不足道。

要解救这位着了魔的公主，可是疼痛，

酷热的煎熬，以及苦难，前进的道路是那么曲折。

七

欢笑吗？只有我们的后代才能够欢笑，

---

① 堂吉诃德爱慕的一位养猪的农村姑娘，给她起了杜尔西内娅这个贵族名字，但她并不知情。

就让他们去笑吧！我们是这么渺小，
可他们是幸福的，是伟大的，也是纯真的，
这一切在所有的方面都显示出来了。

八

可他们却在什么地方也没有露面。
他们在戏院的楼座里燃起的焰火中飞翔，
和他们所爱的贝雅特丽齐①们
戴着紫红色的花冠，走在石板路上，
面对天上的星星和星星的眼睛，在拱门上
所展示的荣誉中露出了笑容。

九

他们是那么幸福，先生……

十

可我们，都是一些迷了路的单身汉，
没有侍从，胸前也没有配戴红色的饰带。

---

① 但丁爱慕的早逝的女性，《新生》是献给她的；《神曲》中，她委托维吉尔引导但丁游历了地狱、炼狱，亲自引导但丁游历了天堂。

我们走过了潮湿的林地，走过了橡实林，

从远处牵来了一缕细纱，

用铁窗框遮住了窗玻璃，

在关着的大门前有一门狂怒的大炮。

十一

一群恶龙静静地躺在

被毒气烘热的草地上暖身。

好淘气的地精将白桦树的花序

捆在一匹马的鼻孔上。在别的地方，

有个女士在塔楼上挥舞手帕，叫了起来，

一条灰白的蛇的皮上有一道黄色的镶边。

十二

我大步走在一条小道上，手握一杆标枪，

我用这杆巨大的标枪砍下了树上的一些枝叶，

你知道有个大人物叫堂吉诃德吗？

你只要想起他就会激动无比，

可是一个普通人的笑脸有各种各样，

一个拉曼奇来的贵族的碉堡也一钱不值。

十三

我的杜尔西内娅，啊！勇敢的

骑士，你知道，她就在我面前，

但她从来没有显露她的身份，

她像一阵风样，真是一阵好风，

她有时揭开了她的恰得拉①，在她的发上，

从远处可以看见一个红色的星团，

还有一道已经消散的彩虹，

样子像一个环套。

还有一双鞋，嬉戏地踩着一堆寻石南，

盛开着的花瓣像一个圈子，

这个圈子是那么细小，

就像一粒最小最小的珍珠的壳。

十四

这就是所有的东西！鸟儿常给我唱歌，

说我的杜尔西内娅已经从魔幻中苏醒，

她在那些长蛇中从那个塔楼里走了出来，

---

① 穆斯林妇女穿着的面纱或头巾。

手里拿着一盏灯。还有一些魔怪，
也夺不走她的光亮，它们只好往地里挖坑，
并且用它们的翅膀拍打着那些狭小的地窖，
它们还一边咒骂，扯着嗓子大叫起来。

十五

还有那些小鸟，它们好像也有什么幻觉，
站在一个盾牌上，或在我的头盔上，
不停地歌唱，可是我的灵魂知道，
它们在说谎，真理只有一个，
它就是我要追求的真理，堂吉诃德
要追求的真理，和德拉贡，和毒蛇，
和土地，和山洞进行斗争。

计划和福音书

一首被认为是卡罗尔·巴林斯基的幽默诗

> 一个没有说出来的语词，
>
> 虽然它已成为一句谚语。
>
> —— 齐普里扬·诺尔维德

有一位公子要去柏林学习，

那里教学生用许多厚实的书本做艺术品。

他待在家里，可进步却照亮了一个世纪，

他身边有一个人（一个称为小人的农民）。

有时候，一本书放在一大堆书中，却消失不见了。

"耶捷伊！"那位公子说，"遗憾的是，你不懂得

什么是智慧，它就是我在这张桌子上要寻找的。

是哲学史，一卷灰色的书，

这是我从华沙到这里来，买的第一样东西，

它不大，带有弄脏了的黄颜色，像耳朵又像脖子一样。"

耶捷伊以一种独特的方式被吸引了，

（因为他把普罗米修斯的孩子①的思想教给了人民）

他要去寻找，看了看周围所有的东西，

那张桌子的上面和下面，还有沙发的缝隙里，

然后他叫了起来，用手在额头上摸了摸：

"朋友！你怎么啦？"

"怎么回事？"耶捷耶大笑起来：

"我们好像犯了无可赦免的大罪，

因为那个公子的腋下夹着一本哲学书。"

公子说："是的，人民的思想和计划还在，

但这是陈腐的，就像国外一个犯罪的过程一样，

老百姓的胡言乱语，却闪着永恒的真理之光，

就像在一个已经崩溃的系统中探索，

沿着一些肮脏的农舍去漫游。"

然后他又在头顶上敲一下，小声地说：

"歌德和亚当·密茨凯维奇！

我欠你们很多，可现在放在一边不管了。"

他坐下了。还在他身边的耶捷伊摸了一下脑门子，

走到下面，看怎么给一些马套上马鞍。

---

① 即人类。希腊神话中，普罗米修斯用泥土捏出人的形状，由雅典娜为泥人注入灵魂。

给意大利的回答

短诗

一

这里是罗马，啊！在罗马，

有一尊刻上了拿破仑

大名的铜像，

有图拉真纪功柱，

还有伊雷迪翁①的一把短剑

和一副希腊铠甲，

基督教的地下坟墓

和那些律师们的背信弃义的言论，

都是些令人伤心落泪的悲惨往事。

二

这里，在罗马，在罗马，

---

① 他是试图发动起义、推翻罗马统治的希腊人。

有许多白头发的斯拉夫人。

你穿了一双什么样的厚底鞋①？

你是怎么用"你取胜了，先生！"

这句话来接待客人的？

三

啊！伊雷迪翁，伊雷迪翁！

这是一股强大的力量，

是一扇宽阔的翅膀，

马西尼萨②的历史已成为过去，

全都是陷阱。

四

警卫和侍卫队的剑，

可靠的和完美的智慧，

斯拉夫人把什么都看错了的眼睛，

高卢人在遭受折磨，

---

① 古希腊演出戏剧时，会让重要角色穿上厚底鞋以增加身高。

② 马西尼萨（前240？—前148），努米底亚的首任国王，在扎马之战中帮助大西庇阿击败汉尼拔，随后统一努米底亚。

但还有一种力量，青年人的力量。

阿提拉的记号是什么？是龙的嘴巴，[①]

它咬着一根蛛网的丝，

那根丝卷成了一团，又松开了。[②]

---

① 阿提拉（406—453），匈人帝国的领袖，被称为"上帝之鞭"，曾多次
率军攻打东罗马帝国及西罗马帝国；他的军旗上画着张嘴的龙。

② 452年，匈人攻入意大利本土，虽然占有军事上的优势，但阿提拉接受
了议和并撤走，没有进攻罗马城；诺尔维德认为这是教皇利奥一世的谈
判成果。

悼念贝姆[1]的诗

> 对父亲发誓，我今天是这样，
> 谁都不应怀疑我以后还能保持这
> 种状态。[2]
>
> —— 汉尼拔

一

影子啊！你的手在铠甲上已经折断，战士高举的火炬
照亮了你的膝盖，可你为什么要离去？
宝剑缀饰着绿色的月桂，烛火在田野里哭泣。
隼鹰展翅高飞，战马奋蹄起舞，
这里所有的一切都飞到了天上，
就像士兵带着他们的营帐，在天空中流浪。
军号在凄厉地哀号，这哀声越来越大，
军功章在天上展开了宽阔的翅膀，
就像一些被长矛刺中的巨龙、火怪和飞鸟，

---

① 尤泽夫·贝姆（1794—1850），波兰军事统帅、民族英雄，参加过十一
　　月起义，后又参加匈牙利革命（1848—1849）。
② 原文是拉丁语。

但这杆长矛却显示了许多战略的思想。

　　　二

一些送葬的女人在耸着肩膀，
在微风吹拂下，她们全身都散发着扑鼻的芳香，
还有一些女人泪流满面，在寻找
许多世纪以前就已修好的那条道路，
另外一些又把那泥制的器皿往地上扔去，
那些器皿被甩破的咔嚓声使送葬的人更加悲伤。

　　　三

年轻人敲打着他们手中在天空映照下呈蓝色的斧钺，
仆役们手中的黄色的盾牌闪着金光，
一面大旗在烟雾中飘扬，可这杆长矛的矛尖弯了，
你会说，是天把它压弯了。

　　　四

送葬的队伍走进了深山，陷入了峡谷，直到月亮升起才
　　走出来。

在天空映照下他们全身发黑，但不时又发出冰冷的闪光，
就像星星在天上闪光，不会坠落下来。他们唱着赞美诗，
却突然停了下来，但过了一会儿，又像浪涛一样突然掀起。

五

他们再往前走，当快要走到坟前的时候，
他们看见了路边有一道深渊，深渊里漆黑一片，
人类没有办法把它挪到别的地方去，
但他们仍用长矛刺那拉着灵车的战马。

六

送葬的队伍在悲哀的梦中又见到了一座城市，
城门里可以听到一些瓶罐被打碎和有人用斧钺打斗的声音，
耶利哥的城墙像一堆木头样地倒下来了，①
一个民族麻木的心终于觉醒，它眼中的霉菌被清除了。

…………

然后，然后……

---

① 耶利哥是耶路撒冷以北的古城，《旧约》中，以色列人在先知约书亚的
领导下绕其城墙行军，吹响羊角后，城墙就垮了，是以色列人征服迦南
的第一场战役。这里，诺尔维德指无畏的送葬队伍将成为唤醒波兰民族
的军队。

莱纳尔托维奇 ① 的到来，去枫丹白露 ②

一

金丝的琴弦！我知道，
要给你写些什么。
虽然我的孔雀羽毛笔
在天上蘸了墨水，
但这还不够！

*

比丝线还柔软的羽毛在天上飞，
你可知道，那蔚蓝的天空里，
有一颗白色的星！

① 泰奥菲尔·莱纳尔托维奇（1822—1893），波兰诗人、雕塑家。
② 法国地名。

*

我写了很多很多，
因为有一个好的使者，
他是你的那些兄弟中的一个，
既谦虚又大胆。

*

关于他，除了这个，
你还知道什么？
可有时候，我对那些
没有韵律的朗诵进行嘲弄。

*

凿子凿东西的难听的吱吱声响，
有什么掉了下来，落入了尘土，
有个已经创造好的主人公轻声地
说了一句："你只活了这么久！"

*

白天过后，便是黑夜，
伤疤，它是一个记号。
有个人所不知的全能的神，
我是那么爱它！

*

为了这个在路上
混在一起的毒和爱，
为了这个（我说）我是那么
轻蔑的现实。

二

他在枫丹白露
比我，一个无家可归的野鸟情况要好，
因为他和你们的交谈，
很好地融合在一起了。

*

就像核桃果穿上了珍珠衫，
鳊鱼和春风逗趣。
这些歌都是他的拥有，
他是一个预言家。

*

他唱得那么好听。我也唱了，
他是个好人，可我却感到遗憾，
他是那么纯洁，这我早已想到，
他是那么诚恳，值得赞美。

三

让他去拥抱那个马莉扬卡！
她手里拿一朵花
和一些红色的樱桃，和你们一起，
来到了林子里。

致亚当·密茨凯维奇

> 如果没有预言，人民
> 将成为一盘散沙

有人愿意跟在你的身后，但有的人不仅不愿，
还诅咒你的名字。
那些普通人，那些村社的农民，
都一定会倾心于你，这个流浪的人！

亚当！对这些人，你比别人更加怜悯，
他们十分干瘦，是无辜的人中最无辜的。
他们没有见过你，
但他们有许多许多的爱。

太阳在一大片林子的后面落下了，
一群长着米黄色羽毛的小鸟
在小声地鸣叫，十分悦耳动听，因为饥饿，
它们在寻找那些闪光的谷粒。

在地球的子午线上，出现了

一道珍珠谷粒的彩虹，播种的人啊！
那里开始春播了，总是用儿孙们的老办法，
收获和播种，爱和信仰。

在玛格丽特号的甲板上，今天去纽约

伦敦，1852年12月，早10点 [①]

一

太阳的光照在帆上，
也触到了桅杆和掀起的海浪上。
雾霾像女人的面罩一样突然消失不见，
但随后就显现了像一堆废墟样的云层。

二

"什么是废墟？什么是面罩？什么是女人？"
让批评家提出这样的问题吧！
让他去抱怨诗神这个女人，说她
把本来处于和谐状态的一些概念搞混了吧！

[①]　1853年2月，诺尔维德到了纽约；10月，得知克里米亚战争爆发后，他
又计划返回欧洲。

三

我不知道，但我看见了，我要悲哀地指出
这个事实，因为我是那一群仙鹤中的一个，
桅杆上的帆布指引了我的身影前行的方向。
我没有想过，我这张图画是否就留在这里？！

四

我不知道，最后会怎么样？
任何时候我也不会知道，但是……
　　　（舵手打断了我的话）
　　　　　主啊，愿您幸福安康！

从欧洲给我寄来的第一封信

这是从欧洲寄来的第一封信，
是夫人您写给我的，我写信
则有一定的规格，一个孤独的人，
不时唱着一个简单的乐调，
它就是我的伴侣。

我不得不把自己抛在大洋的这一边，
不是要寻找这里的美洲，
我不愿到那里去……啊！夫人，相信我，
为了一个小小的玩具，没有必要到
地球的另一半去寻找坟墓。

我只是因为这两个月的旅游，
才来到了这个地方，途中穿过的
那些广阔地带的确非常可怕。
我说可怕，是对像我这样
以这种方式航行的人来说的。

在那么多的饥饿，干渴

和其他各种苦难的日子里，

瘟疫流行，无辜的孩子全都死去。

母亲的奶也不能吸吮了。

我还见到许多小船被大浪冲破，

那些水手都表示怀疑地望着我们。

面对漫无边际的大海，

一个人从来没有显得这么微不足道，

这不是谎言，而是实实在在的真理。

我还看见那些人不仅是那么渺小，

而且显得幼稚、可笑，他们连一点

品德、信仰和智慧的装饰都没有。

有人披着自己这张可怜的人皮，给了别人

一块好面包，或者对他叫了一声："你好！"

可这只是一些面包渣和一声"你好！"

难道为了接受这个稀奇之物，

值得去跑遍三分之一个地球。

如果夫人你有时候喜欢写点什么东西，

那你要知道，到今天，谁也没有

像你那样，给我写过这么一些话。

你就给我写写你的兄弟和你自己吧！
写写和你身边的事吧！
写些小事或者你喜爱的事吧！
你不管写什么都是好的，
你是个好人，什么样的树
就会结出什么样的果实。

可我却是另外一码事，
我在这个世界上，是一具最完美的尸体，
它很完整。一个演员如果让我
来到一个容易着凉的地方，这很好嘛！
或者一个情人，他来晚了，
或者一个鬼魂没有按时让自己的头发飘起来，
或者说闪电要袭击过路的人，
这些都是我的剧中专有的东西！
这也是一些有趣的故事，
如果我的客人见到，
也会感到它们是很有趣的。
但是夫人，你不要以为，我在用胆汁写诗，
啊，不！我感到遗憾的只是，也许
我连自己的葬身之地都找不到，
是的，为此我曾请求

我的友人给予帮助。

如果我不在这个世界上，
那又会怎么样，有人会说些什么？
在我的心还没有破碎之前，
就像一架风琴还没破损之前一样，
我一直在等待，
可是有谁知道，他自己也会和我一样，
要寻找自己的葬身之地

啊，上帝，只有你一个，上帝
因为你，才有了我！

　　　　　＊

还有你们，怎么样？我的，你们，敌人，
你们把所有的一切：从我们心里的各种打算，
到我们脚下一丘沙土都夺走了。
你们还说："他听不见，
他看不见，他不知道……"
我只有在上面，在废墟中，才会对你们说：
我要衷心地祝福你们，
我要这样，我也只能做到这一点，

别的我做不到，

因为我就要完了，我只能这样。

1853.4.10 纽约

我的歌（二）

我来到了这个国家，
有人从地面上拾起一块面包，
是为了对上天的恩赐表示敬仰。
主啊！我多么想你。

       *

我来到了这个国家，
只因为捣毁了白鹳的鸟巢，
我犯了大错，要为所有的物种效劳。
主啊！我多么想你。

       *

我来到了这个国家，这里对我的第一个礼遇，
就表明了人们对基督永远的信仰，
"你将受到赞美！"
主啊！我多么想你。

*

我还想到了另一件事，
因为我不知道，
那些无辜者在哪里栖身。
主啊！我多么想你。

*

既没有光照，也没有身影，
所以对他们是这样或那样，不是这样
或那样，我不用牵挂也不用想了，
主啊！我多么想你。

*

我在想着那个对我表示敬仰的人，
虽然我并不值得，但他一定要这样，
这是对我的友谊。
主啊！我多么想你。

你不要叫我唱谦虚的歌

你不要叫我唱谦虚的歌，
我已经不说话了，
如果我沉默不语，你也不要把我叫醒！
你不要以为麦穗能够开花。

我在这个世上是一个被诅咒的人，
我很自傲，也很倔强，
我的爱，兄弟！有两扇翅膀：
从崇拜到鄙视。

如果我心灵深处显现出可怕的紫红色，
那我就像一个女缝工那样在遭受痛苦，
人都那么悲哀，所以上帝也感到悲哀，
这是一个沉默不语的王国。

梦

一

我做过梦，但我不知道，
有多少时候没有梦了。

*

战场上躺着两个人，
都是要死的那个样子，但又不一样，
东边那个的躯体已埋在地里，
但是他却面向着天空。
你如果看见他，会以为
他还活着，因为他超越了自己。
他脸色苍白，是一个大人物，
整个面孔都好像贴在了天上，
就像一个人在爱恋中，
看着一个女人的脸，
可他又错过了什么，
他想，什么是完美，什么是永恒，

天上有那么多星星，有银河。

这个大人物的肩背都躺在地面上，
他的胸脯和脑袋在天空中闪光，
人们以为，他对天进行过忏悔，
但他没有力量惩罚世界，
也没有力量和天也和地
这两个空间进行战斗。
他战斗过，把手举了起来，
指着那个躺在广场西边的另一个躯体，
最后叫了一声："土地！"

二

躺在西边的那个人是另外一个姿态，
他的脑门对着一片鲜嫩的草地，
这片草地就在他的伤口下伸展开，
就像一本用天鹅绒包装的大书，
而这个人原先也是很爱读书的，
他读的那些书的内容丰富，很有趣味，
但也是从一件又一件的小事说起。
现在你见不到他的脸面了，
如果他是但丁，那就在他的这本书的"天堂篇"里，因为他脑子想的是贝雅特丽齐。
他掉进了深渊，而且越陷越深了。
是的，他浑身颤抖，不知道自己的
身子下面是不是土地。他在喘息，
死亡使他的嘴唇变得冰凉，
最后他大叫了两声：

"东边是什么？是天！"

　　　三

这两声吼叫后，便是一片寂静，
可是我没有见到这两个倒下的男人。
我不知道，我是被惊醒了，还是站起来了，
我的嘴里有一滴滚烫的咸水，
就像一个人的眼泪一样，
这不是哭，就一定是在等待，
所以这不是眼泪。

对他们来说，就是他 [1]

一

对他们来说，就是他。
他那里有许多面孔，
都不会骗人。
富于感触的历史风格，
难道对谁都没有拖欠？

二

对他们来说，就是他，
他一边听着，一边发出了命令，
把视线投向了边缘。
他保持沉默，这沉默
是不是要给人们以教悔？

---

[1]　本诗关于罗达科夫斯基绘制的亨利克·德姆宾斯基（1791—1864）肖像画。后者和尤泽夫·贝姆一样，是波兰军事统帅，参加过十一月起义和匈牙利革命，流亡法国期间是流亡者的领袖之一。

三

这一把头发，
就像钢盔上的发丝。
所有的动作
都具有安稳的拍节，
又唱出了英雄的赞歌。

四

他身上穿的是
西伯利亚的毛皮，
他的双手不愿动弹，
因为他是囚犯，
一个被流放的国王。

五

他身后的大旗
是否浸透了鲜血？
他的窗玻璃的光照
是不是红颜色的？

但这都是过去的色彩，
有的消散了，有的褪色了。

六

在他面前有一座花岗岩石柱，
只要用一只手去敲打它，
就会使它从睡梦中苏醒，
这是洪泛前的历史，
这是创造的印迹。

苏格拉底！你给雅典人做了什么？

一

苏格拉底！你给雅典人做了什么？
使他们先毒死了你
然后给你竖了一尊黄金的雕像？

但丁！你给意大利做了什么，
使得它把你赶走后，那里不幸的人民
又给你建造了两座坟墓？①

哥伦布！你给欧洲戴上了枷锁，
后又对它做了什么，
使它在三个地方给你造了三座坟墓？②

卡蒙斯！你挨过饿，
你对自己的人做了什么，使你的坟墓

---

① 分别在拉韦纳、佛罗伦萨。
② 分别在塞维利亚、圣多明各、哈瓦那。

111

第二次被盗时有了惊人的发现。①

科希秋什科②！你本来就无家可归，
可你在这个世界上又犯了什么过错，
以致曾有两块石头在两个地方压在你身上？

拿破仑！你给世界做了什么，
使你先被关了起来，
死后却有两座坟墓？③

密茨凯维奇，你给人们做了什么？
……

二

至于你④在一个什么样的骨灰盒里歇息？

---

① 卡蒙斯在穷困潦倒中去世，由行善者收葬于里斯本公墓；据说后人找到
他的墓，发现里面埋着一个只有一只眼睛、没有双腿的乞丐。
② 培杜施·科希秋什科（1746—1817），波兰军事统帅、最伟大的民族英
雄，1794年大波兰起义（又称科希秋什科起义）的领袖，曾参加美国独
立战争；他的遗体分葬于索洛图恩、克拉科夫，心脏安置于华沙。
③ 分别在圣赫勒拿岛、巴黎。
④ 指密茨凯维奇。1855年11月，密茨凯维奇因染上霍乱或鼠疫（也有研究
者认为是砷中毒或中风）在伊斯坦布尔去世，1856年1月遗体运至巴黎
下葬；1890年运回波兰，葬于克拉科夫。

它放在哪里？是怎么放的？这不重要。
因为你的坟墓还会重新打开，
人们要再次宣扬你的无限功德，
过去因为没有对你表示敬仰，
大家都很感到愧疚
现在会向你第二次流泪，
流下更加伤心的热泪，
虽然大家都见不到你了。

三

但是每一个像你这样的人死后，
世界都不会让他安稳地歇息，
就像过去许多世纪那样，
因为一层层的泥土不断地黏合，会更加紧密，
另外一些躯体又挤在一起，会打起架来。

致玛丽亚·特琳比茨卡①

我唱了一支悲哀的歌，没有回应，

因为你不给我回答，一支歌，就是这么唱的？

你给我在坟墓上写了三个字，

你说，这是一些老百姓告诉你的，

这三个字是用拉丁文写给死人的，

但如果这些字不是一些好心人说出来的呢？

所以我怀疑，你把它们写在坟上，

别人怎么看……

如果有人要让我把事情弄错，

我对上帝总能保持一个清醒的头脑。

我伸展开我的背臂膀，

看着天上转动的星星和永恒的寂静，

信心和恐惧就像两个奇怪的孪生兄弟一样

已经能够和睦相处了。

---

① 玛丽亚·特琳比茨卡（1821—1896），波兰贵族，是诺尔维德和玛丽亚·卡列尔吉斯的共同朋友；她与诗人在佛罗伦萨相识，之后长期通信，发展出亲密的友谊。

那里有虚假，比虚假还虚假，

千百个虚假要把我赶走，

把我赶到天上去……

我对什么都表示轻蔑，

但要这么表示可能还不是时候，我不知道，

是不是对什么纪念性的活动表示轻蔑？

我的这种表示对不对？

把灰土撒在草地上，

用黑色的落叶松来遮阴。①

去和回来，要按时回来……

但怎么按时回来，我不知道……

我已经等了几十年，

这么多年我都相信，

一个人有多少年，

对他来说，每一瞬间都那么宝贵。

我是怎么给一个饥饿的孩子喂了一点牛奶，

遭遇不幸的人的眼泪是怎么映照在上帝的脸上。

对我来说，这样的十年不会再有，

---

① 指在墓旁种上落叶松。

因为我是要死的，我这么认定。

所以我最后要做的事越来越急需要做了，
我对世事也越来越要表示更多的轻蔑，
我甚至连眼泪，连一点残余的面包屑都没有了，
但我在这个世界上不会成为残废。

十多年来，我说的都是这些话，
虽然我每天都想把你忘记，
但我却一直没有把你忘记。
一个厚颜无耻的过路人把我失去的一样东西
又找了回来，摆在我的桌子上。
这个东西有人捡到过它，
而且使它的内容更丰富了。

我要说的是：
我失去了一样很大的东西，这就是尊重，
对性别的尊重，就像过去的异教徒那样。
我也失去了信仰，可我知道
女性之间也有不同。
在基督教诞生以前，
作为异教徒的女性（这里说的不是你）
对男人表达爱戴和尊敬

只有当他取得胜利、赢得了鲜花，

同时具有很高的地位

有十二匹马拉的马车迎候着他出行的时候。

可是作为基督徒的女性

有充分表达她们激情的每一天。

这就是这两种女性的区别：

其实她们都是同道和奴隶。

我对你表示感谢，为你祝福，

你要记住，我会有自己的坟墓，

因为我希望自己能够享有什么东西，

能够留下财产。

我是一个人，一个流浪人，

我知道，我的灵魂爱这鲜嫩的绿草，

当它拥抱着这片白色的墓地的时候，

因为两者不相容，

它会从绿色变成金黄，

这片土地也会变得像女人一样地娇媚。

我要不要求得赦免？

谁如果对这有不好的
想法，那应感到羞耻。①

如果我感觉到欧洲的土地
在我的脚板下面移动，
大海只留下了它的海底，
或者得到亚洲使馆的恩准，
我就会像鸽子一样地飞走，
给这里的蛇群和两栖动物
留下我的背弃。②

因此你们不要问我，我是不是回来。
你们也不要问我，我要到哪里去。
我是那种不会哼一个字的诗人，

---

① 原文是拉丁语。
② 诗人当时考虑再次漂洋过海到美国去，或请求俄国驻巴黎使馆（俄国有
很大一部分在亚洲，被波兰人视为东方世界，所以诗人称之为亚洲使
馆）的"赦免"，回到波兰旧领土，而这是对流亡理想的背叛——但诗
人显然对困于派系斗争的流亡者也不以为然。

我唱的是这个，生活中只有这个，

使我感到痛苦的也是这个……

我掌心中的每一首诗就像

轮船遇到暴风雨时，

它所用的绳索那么粗壮有力。

如果我对你们笑的声音很大，

你们会用美丽的玫瑰花枝来吸引我吗？

把你们的这些不合时宜的花收起来吧！

也许你们会提出控诉，

说我这个人很坏，说我在咬自己。

我不会对我自己、也不会

对你们的损失表示同情，

因为我对敌人也没有背叛过。

                    1856 巴黎

荣誉

一

一本大书穿上了金色的法衣，
可是被一些银色的手指遮住了。
大理石雕的胸脯放在月桂花丛中，
还有星星和一个胳臂肘长的勋章饰带，
鸵鸟羽的云雾，绣出来的光彩，
像皮鞭一样的闪电，
雷鸣变成了一个金色的圈套，
大街上有许多马车，在第二条大街上。
转弯，转弯，返回，翻转……

二

月桂！玫瑰花环，橄榄枝，
橡树枝，是否都高悬在深渊上？
深渊中有你病态的梦想。
可是有没有第二道深渊？

那里有没有另一颗行星？

另一颗行星上会不会有不同的规律？[①]

三

一只绿色的飞蛾，

飞进了窗子里面。

还有一些钻石

和缠在头发里的花朵，

都看得很清楚。

好像有什么在小声地叫着，

但又寂静无声了。

你会以为这是"失去了什么！"

本来是一阵喧闹，

你以为这是晴天霹雳？

本来是长号的吹奏，

你以为有人在林子吹号角？

难道再也没有总是

保持沉默的传教士？

---

① 即使获得了荣誉和桂冠，人也仍可能落入深渊或迷失方向，就像去到陌生的星球。

从窗子里看着天上，

天亮了吗？

脚踩在地面上，

扬起了尘土。

地面上有没有人的尸体？

所有这些乱七八糟的东西，

都是人的幻想，真的有吗？

谁也没有想着它们的出现。

四

礼拜天的句号不会改变，①

七天写一篇散文，

不要让人看了不喜欢。

诗是神经的颤抖，

热情是笔下的良心。

阉人摇动他的羽毛扇，

难道只是为了给高贵的人纳凉，

让他安稳地睡下？

---

① 指到礼拜天必须休息。

五

不！许多诉怨都已经成了过去，
即使还有，也和你们毫无关系，
就像用政治日报包着一包甜食，
放在孩子的手里，
这份日报还将歌颂未来，
但现在只能吃它包的那些甜食，
像吃树上的果子一样。

1858

拍着肿胀的右手

拍着肿胀的右手，
人民对唱歌已感到厌倦，在呼唤行动，
可是那些长得又高又大的月桂树
却在不停地喘息，
蚊蝇也在寻找明亮和闪光的地方。
我的祖国享有过桂冠的荣誉，
但也曾是一个黑暗的世界。
对于没有预料而出生的婴儿
既没有给予他们生养之地，
也没有安排教育他们的钟点。
天主的手指出现在我面前，
他叫我到荒原上去隐居，
也不管我有多少事情还没有做。

                    *

我从你们那里为什么得不到月桂，
哪怕一根月桂的树枝，一片月桂的树叶，

我从你们那里什么也没有得到。

（本来什么都不属于你们，可太阳却为你们升起。）

你们都是身材高大的巨人，可你们，

只在我的额头上留下了一丝冰凉的倩影。

我来时孤身一人，

除了长在路边的苦艾、青苔和毒芹，

除了这被咒语毒化的土地和寂寞。

我什么也没有遇到，今仍不知道要去哪里。

    *

对过去的社交我无法理解，

那些受到人们崇拜的人我也见到过不少，

可我只在那生了锈的铁牢里留下了我的足迹。

我见到有许多人在路上中了子弹，都倒下了，

因此，我不得不照旧的习惯，

在睡觉时露着牙齿，

面对着启明星，在头上撒一把灰土，

为的是在长夜中，不至从梦中醒来。

    *

那些被诅咒的女人我见到过成千上万，

她们是那么迷人，眼珠子里总是透着热情，
但现在她们却装成要死去的样子，
我感到悲哀，她们是怎么迷人我见不到了。
有个女人伸出一只手，要去触摸那大理石，
我被她的衣上像石头一样硬的皱褶所触动，
夜晚有一只蝴蝶在她的头上飞来飞去
可是它抖动了几下，又落下了，像做梦一样。

                    *

我不知道她们内心的秘密，
我在她们面前，就像她们
在我面前那样软弱无力。
我对她们虽像过去一样，彬彬有礼，
但幸福对我来说，已是可望而不可即。
这是为什么？这个令人腻味的礼拜天，
我为什么有那么多的接待和告别？
除了一身漂亮的衣装，我一无所有。
我要问你们这些刽子手，这是为什么？
我不愿，我对你们也不会有什么礼遇。

*

我在写，写一个巴比伦的故事，
我要去耶路撒冷，我有许多来信，
我会不会受骗？这不重要。
我在写一个艺术家的回忆录，
但写得不好，因为我完全在写自己，
我有过错觉，但我又真的在现实中。

*

儿子有一封信，但是我的孙儿！你要记住，
今天有什么突然不见了（把这封信快点读完）。
这是泛神论统治的时代，
照官方的规定，用铅字印刷，
写的是：在罗马城里的马路上出了什么事？
在地下经堂的走廊里留下了脚印。
头上是明亮的阳光，而我却相信错觉。
儿子在读信，可是孙儿！你今天在读什么？
儿子提醒了我，因为我不会再来。

为什么

你的诅咒和欺骗都没有用，
因为这是对你自己的背叛
你非得找回你的诚信，跨过这道门槛，
但你也许又找不到，为什么？

*

你说错了一句话，它伤害的
不是你信得过的人，而是你自己。
你因为和诚信争吵，会失去它，
但你有时又和它保持一致。
你回来时有过怀疑，怕找不到它。
你找到了吗？为什么怀疑？

*

幸福的人们来了，为了对抗邪恶。
他们围成一圈坐了下来，只坐了片刻，

但他们真心诚意地叹了口气。

啊！这是为什么？这是为什么？

幸福的人们来了吗？他们到处都有，

他们在所有的地方都坐了下来，

他们额头上亮闪闪，

他们把一栋房子都挤满了，

他们是一个军团。

＊

你在等他们吗？但他们只留下了两个。

一个在门前看了看表，露出一副凶相，

他有一个问题，

你从来不相信他，

因此他要走，摘下了帽子，

还要把手套脱下，为什么？

＊

如果来了，还是走吧！

因为待在这里，也没事干。

你站起来，你要走，死的绝望，

你不留下，你要走，为什么？

*

月亮将要升起，许多世纪以来，
它都静寂无声。星星也从来不改变
它所在的位置，它的一双玻璃眼睛正看着你，
就好像天上没有一个活的生灵，
就好像谁都不会对看不见的东西说话，
可是在下面，有那么多的酷刑！
因为有上帝，谁都没有想到会这样，
为什么？

致公民约翰·布朗 ①

一封在1859年11月寄往美国的信

啊，约翰！我给你送来一支歌，
像海鸥一样，飞越动荡的洋面……

它要飞很长时间，才能到达这个自由人的国家，
因此我很怀疑，你能否见到它？
或者它像你的光荣的白发上升起的一团焰火，
最后却散落在一个空空的绞刑架上？
这只来你那里做客的海鸥
最后会不会被绞杀你的
刽子手的儿子的小手用石头砸死？

*

有人用绳索紧紧地套在你那裸着的脖子上

---

① 约翰·布朗（1800—1859），美国废奴主义者，主张暴力和行动，1859
年发动哈珀斯费里起义遭到镇压，他亦被捕并处以绞刑。布朗的死是引
发南北战争的重要原因之一。

但是你的颈脖坚强不屈。

你没有寻找土地，而是在寻找足迹，
你要找到的那颗失落的行星，
还有你脚下的土地就像一些两栖动物
都已不知去向。
只有你，像人们说的那样："被绞杀了……"
人都这么说，他们都看着自己，
他们在撒谎吗?

他们要把你的帽子戴在你的脸上，
要让美国重新认识自己的儿子，
不要去对自己那十二颗星星喊道:
　"我的王冠上的火焰熄灭了
夜已降临，黑人脸上的黑夜。"

只要科希秋什科①和华盛顿的影子还在闪烁，
你就会听到我的歌的开头的一句。

因为我的诗歌已须成熟，一个人可能牺牲，
但诗歌不会死去，人民会站起来。

―――――――――――

① 　科希秋什科参加过美国独立战争。

昨天和我

啊！这是悲哀的空虚
鲜为人知的空虚，
你听到有人说了一个字，
既没有逗点，
也没有伊奥塔①……

       *

天使在叫喊……
还有人对你说：
"有什么轰的一声倒下了！"
从你的脸上可以看到，
这是一副棺材在岩壁上，
永远被折断了。

---

①   Jota，希腊语的第一个字母。

＊

你不愿叫什么"爱莉，爱莉！"
为什么？啊，上帝！
船帆在吻着北方吹来的风，
大海沸腾了。

＊

我的耳中也轰隆地响了起来，
不知道为什么。
是暴风雨的轰响？
因此我睡了，我感觉到
这是一段大理石色的历史。

1860.12.27

一句话

立陶宛！怎么是你，而不是华沙？

这支歌像一面破旧的旗帜，

被撕毁了。它是你写的吗？

难道所有预言家的荣誉

甚至在幻觉中的荣誉都属于你？

难道这种荣誉是上帝的恩赐？

这个已经离去的人

把七弦琴的钥匙留给了你，

可你却在角落里，在阴影中，

叫唤着我的名字，……

多么悲哀！我见到过一个

也许不是异教徒的人，

他的心中有伤，躺在路上，死了，

可是有个撒马利亚人走到了他的身旁，

这是一个骑士，他从挂在死者的

马镫子上的一个马刺，

认得他是自家兄弟……

这个故事传了许多世纪，十分古老，

但它却天天都是那么显得新颖，
我要给你说的是什么呢？
是不是一个大家都不认识的女士？

我要说的是：
她既是外人，又是自家的人，
既是自家的人，又不认识……
欢迎你，祝你健康！

舞会之后

一

在谢肉节舞台上的那片镶木地板上，
有许多戴假面具的人跳过舞。
我当时看着他们，很惊奇地发现，
那里有一道阳光，
这是第一道阳光。

二

在地板上涂了蜡的玻璃层的表面，
有皮鞋轻轻踩过的脚印，
像魔幻一样地神奇，
这个地方对我来说，
就像书上写的那样。

三

那里还散发了一些花和树叶。

一个纸做的嘴巴好像在
轻声地对我说了些什么，
但是在这个空寂的演出大厅里，
却只有我一个人。
这里的露珠和黎明，
是不是在对我控诉？

四

我要用力去打开大厅的一扇窗子，
这不仅震响了窗玻璃，
连这栋大楼都震动了，
厅里一个烛台也掉下了眼泪，
这是蜡的泪水。

1861

我不要悲哀，不要!

一

我不要，不要……
因为这些悲哀对我来说微不足道。
就说世界遭到极大的破坏，
这不使人感到钻心的痛苦?
当我回想起来，我们耳中，
难道不会发出痛苦的呻吟!

二

我不要悲哀……
因为没有新的悲哀，
但是过去的悲哀我忘不了
我不知道，
我的脑袋要放在什么地方，
当我回想起来，就好像听到，
所有的一切都在呻吟，呻吟……

三

在我脚下被捣碎的
那些纪念碑的灰土上，
建起了许多城市，
还有许多不可摧毁的碉堡，
但它们也变成了废墟，
在等待建筑师们为它们重建……
当我回想起来，这里
所有的一切都在呻吟，呻吟……

四

我爱勿忘侬花，但我总是
用一双背信弃义的手去采摘它，
如果累了，就要休息。
当我一想起这些，
我首先会意识到
死的临近。

*

我爱勿忘侬花，但我总是
用一双背信弃义的手去采摘它。

就在这个时候

一

一代又一代的人从这里走过，
留下了他们的足迹，
如果他们都圈定了属于自己的土地，
那也会留下一条通行的道路。

二

经历了各个时代，
但时间的流逝却没法算计。
我的日子就是拖延，
我的年月只有等待。

三

如果有什么一去不复返，
我又怎么去看这个世界？
整个现实是否都表现在

戏剧的表演中？

四

生是不是就是死去的那一刻？
年少是不是就是白发苍苍的那一天？
祖国是不是只有悲剧，
也就是祖国的悲剧？

约1861

波兰的犹太人

一

你们——一个受到尊敬的犹太民族——在欧洲，
就像东方一座被打碎了的纪念碑，
到处散落着它的碎片，
在每一块碎片上都书写着那永远不变的象形字。
一个北方人在松树林里
如果见到你们，就会猜到这是你们祖国的阳光，
它曾经闪现在蓝天上。
就像摩西浮游在尼罗河水上一样，
它说："一个伟大的人既能身居高位，
也会坠落下来，就像你们一样，不再说话。"

二 ①

我们，是北方黄头发人的子孙，
继承了东方历史的传统，我们是像雪一样白的云，

---

① 这一节是犹太人的发言。

一种神秘的力量，使我们的两条腿，

能够从地面上站起来，

望着那高高在上的天宫。

我们是夏甲的子孙，长年流浪在外，

我们也是撒拉的子孙，继承了祖先的文明传统。

我们和别的人并没有什么不一样，

我们到你们那里去，并不是因为

我们已经处于绝望的境地，

和你们在一起，那高贵的纹章已经玉碎，

十字架在这个转折中，也不会欺骗我们。

   三

历史表面上好像处于混乱的状态，

可实际上，力量依然存在，美丽的前程依然广阔。

历史是先贤留下的遗嘱，

就像天使一样在远方观看，他看到了

犹太人又在华沙的大街上，

他们和波兰人站在一起，

并不是三心二意，也不感到害怕，

他们在世界上是一个富有的民族，

他们把十字架拿出来，并不是要为它牺牲，

而是要让它大放光彩，什么？他们果真拿出来了，像大卫一样伸展了臂膀，却毫无防卫。

四

一个受到尊敬的民族，我向你们致敬！
你们就是遇到蒙古和切尔克斯克的暴风雨也不害怕。
你们和我们一起，保卫了摩西的上帝，
用你们的骑士眼光，用你们赤裸的胸膛。
就像历史上的那些老人，手持长矛
在高处躬下身子，叫了一声："我们都坚持下来了！"
我要研究的是旗帜，而不是你[①]的那些农民兵，
因为那些农民兵都微不足道，牛奶我也喝够了，
我对你的本性早已知晓，我要诅咒你们的马嚼子，
你骑在马上会像牧童一样，再也没有牲畜。

1861

[①]　指俄国沙皇，他的旗帜是占领波兰的象征。

我的祖国

有人对我说，我的祖国是：
田地、绿荫和战壕，
是农舍、花朵和村庄。他应当知道，
　　这都是她的脚印。

谁也夺不走母亲怀里的孩子，
仆人把手伸到她的膝盖上，
儿子在她的怀里长大，靠在她的肩膀上，
　　这是一本我们的法律的大书。

我的祖国至今没有抬起头来，
我的身子在幼发拉底河的那边，
我在混沌①中找到了灵魂，
　　我向世界缴纳地租。

----

① 　　指创世之前的空间。

任何一个民族都没有拯救过我，也没有
创造我，我只记得那世纪以前的永恒。
大卫的面疙瘩①让我张开了嘴，
　　　他称罗马为好人。

我的祖国的脚印沾满了鲜血，
头发中撒满了沙土。
我虽然倒了，但我认识她、她的面孔和王冠，
　　　这是阳光。

我的先辈从来不知道有别的祖国，
我用手触摸了她的双腿，
我吻过我的先辈们身系的
　　　粗制的皮带。

请不要告诉我，祖国在哪里，
因为田地、村庄、战壕，
还有鲜血、身躯和她的伤痕，
　　　这就是她的印迹或脚步。

---

① 　见《旧约·撒母耳记上》。

木偶

一

怎叫人不感到烦恼?
在地球的上空
有百万颗星星,
虽无声无息,
却放射着亮光,
每颗星发光的方法又不一样,
这些星星不是
在一个地方停留不动,
就是在飞翔。

二

广阔的大地和世纪的深渊,
所有的一切在这个时候
都是那么生气勃勃,
但那些人,
却一根骨头也没有留下。

三

舞台是这么小，也不嫌弃，
布景是这么差，也不厌弃，
因为所有的表演
都达到了理想的境界，
为此还付出了生命的代价。

四

我真的不知道，过一会儿
怎么就到了这里的岸边。
我真的感到厌烦，
夫人，我该怎么办？
是写散文，还是写诗？

五

或者什么也不写……
就坐在这里晒太阳，
读一部有趣的小说，

它写的是沙粒上的《洪流》①，
这当然是人都爱玩的一种游戏。

六

大概还有更好的游戏，
我知道还有更好的办法，
可以消除这种该诅咒的厌烦，
这就是把人们全都忘记，
然后打上漂亮的领带，
只去几个亲近的人那里。

---

① 波兰小说家亨利克·显克维奇（1846—1916）的长篇小说，历史三部曲
的第二部。

伟大

一

你知道，谁最伟大？听我说！
我告诉你，
要知道伟大不仅在坟墓里，
而且在历史上，在天上。

二

一个伟大的人，
他只要低下头，
即便手中没有长矛和盾牌，
也会取得完全的胜利。

三

他被一些人妒忌，妒忌在压迫他
妒忌要埋葬他。但他飞上了天，
见到了一个十字架，

可那里又有人叫道："你是个庸俗的小人！"

四

这种妒忌不管过去还是现在，
都在骗它自己，可是这个伟大的人叹了口气，
他接受过荣誉、真理和良心，
也受到过诽谤和精神的刺激。

五

有的人感到荣幸，因为认识了伟大的人物，
这是唯一的一次机会，
但他们却把庸俗的小人当成了伟大的人，
因为伟大的人只有在死后才能见到。

六

就像狗熊一样，只有在坟地里，
才找得到它的尸体。
但这是在西伯利亚，不是在欧洲，
你应当知道。

致科尔切夫来的尤泽法小姐

一

你是从修道院来的，
那里的墙壁都连在一起，
如果有刀斧砍断的痕迹，
这是犯罪的见证。

二

它的建造原来没有打好地基，
现在要把地面踩实，然后
沿着阶梯走上去，它的栏杆
像十字架一样，一直通到了天上。

三

它的窗子都泡在泪水中，泪水中也有雨露，
带着三色玻璃的花边；
那里没有在空气中传开的钟声，
但有人在逗趣地做祈祷。

四

天使们像弓一样的翅膀都连在一起，
它们要飞向天空，
正等着这个世界所不知的
新的天使的到来。

五

因为还有一个世界，那里不见太阳，
也没有月亮，但那里有闪光；
在静寂的云层中，圣饼带着
苍白的面罩，在闪光，在飞翔。

六

在最后审判的日子里，我只能在
你的法衣下面躲藏。
可现在，我在看着那鸽子停留的地方，
我要给我的马架上马鞍。

和谐

一

这是神经的作用，大家都感到兴奋，
有同样的幽默感，
人与人之间没有冲突，在一起，
但是没有斗争则不见良心。

二

要把人们分成两个对立面
既难也不难，当他们等待
和谐出现的时候，就把他们
驱赶到那有千百万死者的地方。

三

经历了多年的孤独，终于
在星星上高兴地见到了和谐。
可是在闪光的瞳孔里能见到
什么呢？只有被撕裂的心。

抒情诗和印刷

一

你说："我在吟唱爱情的韵律……"
你是不是在想你要骗我？
我并没有感觉到你手指下的琴弦在跳动，
你是一个印制诗歌的人。

二

七弦琴，你不要把什么都当成配唱，
或者配乐！不，它不是。
这对它来说，就像一只鹰，
长出了带血的羽毛。

三

你说的内容没有七弦琴的配乐，
你要给灵魂一种精神，
给思想一种想法，给躯体一个形态，

可这又怎么样？不过是徒劳。

四

商人虽然给予了他可信任的格罗什，
但是没有给他带来乐趣，
没有紧握他的一只手，
他是不是你的朋友？

五

热情洋溢的话语，明智的内容，
要凭良心的权利去建造：
一种像音乐一样美好的秩序，
把每一个语词都视为珍珠。

六

在颤抖的空气中我见到了你，
一只爱虚荣的手的手势，
从一些琴弦，更柔美的琴弦，
可以看到各种各样的七弦琴。

朝圣者

一

有的阶层在另外一些阶层之上
它就像一座宝塔,
在一些平屋顶的房子之上,
它高耸入云,
一种高高在上的姿态。[①]

二

你们想想,我不是财主老爷,
我的房子是个活动的房子,

---

①   "阶层"波兰语原文Stan还有"状态"的意思,指人的思想、道德品
质、生活目的等,所以这一节也可翻译为:

> 有的状态优于任何别的状态,
> 它站得高,
> 就像一座宝塔,
> 在一些平屋顶的房子之上,
> 高耸入云。

用骆驼皮做的房子。①

三

我总是在云的怀抱里，
因为云夺走了我的那颗
像金字塔一样宝贵的心。

四

但凡是我走过的地方，
我的脚板踏遍的地方，
都是我的土地。

---

① "财主老爷"波兰语原文Pan还有"大人物"的意思，所以这一节也可
翻译为：

你们想想，我不是大人物，
我的房子是个活动的房子，
用骆驼皮做的房子。

征兆

一

在伦敦的一条滑溜的马路上，
在月光照耀下的白色的云雾中，
不止一个这样的人影从你的身边一闪而过，
可是你一想起她，就感到害怕，

二

她的额头上很黑？还是很脏？
这个却看不清楚。
她在低声细语地和上天谈什么奇迹，
她的嘴里有什么？渎神的水泡。

三

你会说：这是一本福音书
掉进了泥坑里。
谁也拿不出来，

没有时间去想什么品德了。

四

绝望和金钱，这两个词，
她的眼里有白翳，瞳孔在闪光。
她是从哪里来的？她要躲藏。
她要去哪里？肯定是，什么地方也不去！

五

这个女人像个妖妇，
人类今天只有哭泣和嘲笑，
像历史一样？只知道："流血！"
像社会一样？只有："金钱！"

首都

一

啊！这是首都，首都。
这是一座上面有十字架的城市。
你的楼房的玻璃门窗闪闪发光，
就像猫的眼睛，总是瞄着老鼠。

二

一大群行人总是穿着黑色的丧服，
是斯多葛派的服色，
每个人都急急忙忙地奔走
走遍了所有的地方，还大声地叫喊。

三

这里采取了两种行动，表现了两种态度，

一方面是工厂主在拼命地追击什么，[①]
另一方面是工人们证明
他们已经把活干完，
并在罢工中取得了胜利。

四

这里有两群人，是那么心神不安、浑身颤抖，
一群人盼着巨额利润和财富从天而降，
另一群人虽辛勤劳动，连一片面包都得不到，
胸中充满了义愤。

五

来了一个阿拉伯人[②]，像僧人一样摇头晃脑，
在云团一样密集而又闪光的人群中走过，
他身着白色的僧服，像一尊牙雕的偶像。
我看着他，然后我又闭了一下眼睛。

---

① 指镇压参加罢工的工人。
② 这是天主教的神父，诗人把他比作阿拉伯人。

六

街道的旁边来了一个送葬的队伍，
步子走得不急不忙，
我跟在它的后面，用手势和眼神，
表示了我要休息。

七

我凝望着上方，陷入了沉思，
没有去看死者的那些亲属的面孔
但我见到天上有一个蓝色的气球在闪光，
还有一个十字架，是不是在云雾中？

为什么不和大家一起唱

一

在上帝所在的那个牲口槽的旁边，
总有一些高贵的人在那里唱歌，
但他们一下子喘不过气来，又不唱了，
马上跨过了门槛。

二

那些人刚进到了村子里，
就听说有人在屠杀无辜。

三

高贵的人们，你们唱吧！
在上帝所在的那个牲口槽的旁边，
我的耳朵听不见了，
跑到了一个角上……

四

所有聚集在这里的人，你们唱吧！
可是我？我会以争取胜利的祈祷，
搅乱你们的演唱，
因为我见到了血。

跟上帝一起走吧!

一

有个人以前到这里来过,
他站在一道门槛边,说了一句话:
"我今天没有面包!"
有人因此给他做了个手势,说:
"跟上帝一起走吧!"

二

从此他便跟随了上帝,
但他又叹了口气,说:
"我真的不知道,
现在该怎么做。
我不回去了……"

三

过了许多年,

面包便宜了。有一次，
他在路上遇到了一个牧师，
这个牧师要跟上帝一起，
去一个瘫痪病患者那里，
他便和他一起去了。

四

他往前走着，
总有一些机灵的人
给他们指路（因为教区很大），
后来，他来到了一个
他在那里乞讨过的地方。

五

但他没有进到那栋房子里，
而只是跪在它的门槛上，
叫了一声："全能的主啊！
发发慈悲吧！也许我不配
得到上帝的怜悯？"

六

我说不下去了，因为我害怕，
但我这里还要说一句：
因为这个故事太美了，
连预言家们都想不出来。

王国

一

过去的试金石，
已经试够了，可试了什么？痛苦。
你不用去听今天人们对自由
都说了些什么，对奴役都说了些什么。

二

有人一辈子都想要自由，
但他只宣布自己有了自由，
这粒扣子他扣得不对，反而咬了他自己，
就像尼禄一样，他疯了。

三

但是谁若一点不按自己的意愿行事，
他就无法展开他的翅膀，
他的视野也会变得狭窄，

他只知道咒骂，会像牲口一样被人捆住。

四

可是这个比谁都笨拙的医生，

不知道他能治什么病。

他会把两种病搞混，他不是智者，是药剂师！

这是真的吗？合剂药水的内部成分不会发生冲突。

五

雄鹰是什么？它不是半个乌龟，也不是半声雷鸣。

太阳是什么？它不是一半白天，也不是一半黑夜。

安静是什么？它不是一具棺材，也不是半间房子。

眼泪是什么？它不是雨，虽然它像雨水一样地潮湿。

六

这个状况既不是遭受奴役，也不是有了自由，

你很幸福吗？不！你是一个人称。

你参加了，但更多的是，你要管世上

所有的事情，也要管你自己。

思想和真理

一

想象在高处有一个范围，
它像一个陡峭的山坡，
看到它会感到头昏眼花。
那高处的云团中响起了惊雷，
你听到后，会大哭起来。
你的泪水虽然闪光，
但风会把它吹干。
世界是一个零，
但好像有什么进到了它的里面，
难道这里的灰土就是它的杰作？

二

一个不怀好意的天使带来了一句话：

"看哪，这个人！"①

在一个山峰旁边站着一个人，

他以轻蔑的眼光望着这个陡峭的山峰，

一会儿显露一会儿隐藏着自己的身影，

但他伸出了他的细小的翅膀，

他要将他自己和他的身影进行比较，

看他站在地上有多么重。

三

地球的磁性在吸引他，

在一定的范围内会有明显的感觉。

但他并不感到头晕目眩。

这没什么，这很幸福，

但是这个幸福造成了巨大的悲哀，

幸福像坟墓一样地寂静。

这里虽然没有危险，

但使我想起了

我在银河系中曾经迷失方向。

---

① 这是犹太行省总督本丢·彼拉多指着受难的耶稣说的一句话，原文是拉丁语。

四

上面是人的思想的坟墓，
下面是躯体的坟墓，
这是过去那个世纪的光明正大，
可是现今这个世纪标出的是粪土。

*

和真理一起到来，
和真理一起等待。

怎么样

如果有人对另外一个人什么也不说
便将一把堇菜往他的眼里塞……

          *

就像一株相思树在缓慢地摇晃，
散发着像朝霞一样的芬芳，
它的白色的花朵都散落在一架
钢琴打开了的白色的琴键上。

          *

如果有人站在一条走廊里，
远处的月光会缠着他的头发，
使它变成一个燃烧着的花环，
他的脑袋，也许就会套上银色的穗。

*

如果和他说话，就像燕子飞走了一样，
什么意思都没有。
但燕子会到处碰撞，有它的目的地。
夏天的来到预示着雷鸣，
还有脉搏跳动前的闪电。
是的……
我什么也没有说，因为我很悲伤。

泉水

我在地狱里迷了路，我也没有为它歌唱，
因此有人嘴里不停地叨唠，要咒骂我，
就像那丑恶的蚊蝇，耐不住暑热，
在发了疯似地嗡嗡叫着。
我没有歌唱，因为我一唱起来就犯困。
我在这里因为弄不清方向，
在寂寞中走过了一些拱门下的柱子，
这些柱子有的很高，很直，
有的像一个奇形怪状的屋顶，
它们没有被埋葬在大人物的坟茔的沙土中，
而是像梦中一样在石头马路上不停地往前移动。
我数着我往前走的脚步，
由于一种初患的精神病，
我感到自己愚笨已极。
我老是看着我穿的是什么衣服，
我从来没有穿过参加婚礼的礼服。
当我跨过贫困的门槛的时候，
又遇到了两种欺骗。

我还到过罪恶的迷宫，

看见那里面贴满了法律的判决书。

我在一个地方曾经停留下来，

发现脚下踩的是已经冷凝了的熔岩。

那里有空气、有季节，也有光线，

但说实在，那里没有上帝。

此外我还见到了被火山灰烧焦了的田地，

或者由于科技的进步已经停滞不前，

大海里的水都长了霉菌。

海水中掀起的大浪，形成了奇特的景观，

就像一群狮身人面的女妖，

在她们的头上还有一些鹈鹕，

因为口渴而张开了嘴。

它们的上空有几颗红色的星星，

可这些星星突然掉了下来，

落入海浪的深处，

它们闪烁的星光也熄灭了。

我来到这里后，又开始怀疑，

这里是否生长着一种小的植物，

它的花呈白色，

像用丝线绣出来的一样，

但是它的绣工并不精美。

这些花这时小声对我说：

这里有泉水……

在下面的一条小沟里。

我也感到这里的空气很潮湿，

我的脸上露出了笑容，

但这是一种苦笑，

近处的流水声消失了。

我这时好像见到了一个大人物，

他两手举在头上，

使尽了全身的力气。

他的两只脚正好踩在那条

像彩带样的泉水中，

这条彩带把他的平底鞋缠住了，

可是它因为鞋的踩踏也弄脏了。

这个人笑了起来，

可是他的笑声带有怒气，

他说话的声音也不一样，

就像送葬时有人在棺材后面敲鼓一样，

仇恨带着讽刺地对他说：

　"看吧！创造的精神

　是怎么洗净了我的鞋。"

历史学家

有许多这样的人，他们测算过一座古坟
建造的年代，或者一株谱系橡树生长的年代。
有许多这样的情况，用一个办法
可以删去一段历史，但能更清晰地洞察
各个时代的面貌，将它们形象地描绘出来。

*

但如果是一个老人、一个社会活动家、
一个女人，就会体验到他或她的祖辈
曾经有过的颤抖和恐惧。
他第一次站立在地球的上空，
看到了第一颗彗星的闪过，

这就是他要写的历史。

神经

昨天我到了那个饿死了许多人的地方，
我看了那些像棺材样的房子的里面，
但我的一条腿在那数不清的
楼层的梯子上扭伤了。

*

这里一定出现了奇迹，这是奇迹。
因为我抓住了一根朽木……
（它上面钉了钉子，像十字架杆一样）
但我还是离开了这里。

*

我总是提心吊胆，
高兴吗？只不过留下了我的脚印，
我离开了人群，这里就像牲口集市一样，
我讨厌这个世界……

*

今天我要去巴罗诺娃太太那里，
她坐在一张锦缎沙发上，
很漂亮地接待了我，
那么我要对她说什么呢？
一面镜子破了，
小烛台说实在也歪到了一边，
只有天花板上画着一些鹦鹉，
那么长时间，它们的嘴里，
不停地叫着："社会主义！"

*

因此我便坐了下来，手里拿着
我的帽子，然后又把它放到一边，
这场游戏完了之后，我就像个
法利赛人一样，一声不响地回去了。

贺拉斯那里的东西

一

这不是黄金，也不是象牙
在我一声不响的时候却闪闪发亮。
香馥馥的雪松木也不会
生长在玄武岩石的柱子中间。

二

我并不是一个人们讨厌的地主，
我是一个很幸福的人，
但我没有依仗我的贵族出身，
我首先把我当成一个雇客。

三

从空洞无物的天上只能获得
信仰或者照亮了灵感的火花，
这一切不是上天的恩赐，但也不难获得，

因为对我来说，只要有一个狭窄的范围就够了。

四

古老的人啊！日子一天天过去，
月亮一次又一次地改变，
你在金字塔的坟墓里，
有大理石把你遮盖。

五

因为要讲一个可怕的海浪的故事，
我没有按照你的计划去写，
你要用棍棒去打死人，
你的邻居也被赶出了家门。

六

丈夫和妻子最后一次
看了一下家乡的庄稼地，
用颤抖的胳膊抱着家里的灶神，
还让它紧贴着自己破旧的长衫。

七

还有那些高楼大厦，

你们都霸占了，是不是过于贪婪？

一个地洞不会有两个顶盖，不管是

穷人还是国王，都不会留下他们的身影。

八

不要用黄金给斯堤克斯[①]纳税，

也无须对普罗米修斯有更多的了解，

坦达罗斯[②]们，卡戎[③]在等着你们，

要让你们这些受苦的人早些渡过冥河。

[①]　希腊神话中的大洋女神之一，掌管分割人间与冥土的斯堤克斯河，即使对奥林匹斯诸神，以她名义起的誓都是非常神圣的，黄金在她面前毫无意义。

[②]　希腊神话中宙斯与凡人的儿子，他藐视诸神的权威，为考验诸神是否真的通晓一切，烹煮了自己的儿子请诸神赴宴，被宙斯打入冥土。

[③]　希腊神话中黑夜女神的儿子，斯堤克斯河的摆渡者。

伟大的话语

一

你们是不是要问一件事，
一件并不新鲜的事？
例如：这张纸像树叶一样飘到哪里去了？
只留下了一些伟大的话语。

二

这些伟大的话语是哪个地方说出来的？
这个地方在哪里？它是所有的人的国家，
它没有失去，它的一切还刚刚开始。
今天对我们，对亚当来说，它就是祖国。

三

伟大的话语有时候只有几句，
它们曾飞越十个世纪，
这些话对你有过触动，但你并不相信
你把它们看成是一些生了锈的箭头。

四

一千年前有人说过的话今天还在讲。
为了一堆已经印出来的书
你会发出誓言，说这些书中的
思想和声音使你感到亲切。

五

你们是不是想要了解
这些书中的一个秘密，
说的是蝴蝶翅膀上有一些死人的脑袋，
在废墟中我给它们点燃了黄色的蜡烛？

六

你们是不是问过，为什么西塞罗、
保罗或者苏格拉底说过的这些话
今天你还记得很清楚？
你既然不高兴，为什么仍然相信？

七

你的书有金色的花边和羊皮纸，
你在日记中也不再大声地喊叫
和诉怨，为什么对午后的烛光
那么有感情？

八

你叫了一声："今天！"因为你今天
得到了两个早就失去的王冠，
就像一根树枝，卷着押沙龙的头发，
发出了吱吱的响声，
它对押沙龙和他的仆人叫了一声：
"侏儒！"

对敌人说的话

歌

一

你用利剑夺走了真理的光芒，
你还认为，你是一个领袖，一位将军！
可是你这个奴隶啊！站住，收起你的军刀吧！
难道我会为你去死？

二

难道要用不断的死亡和牺牲
来将每个人、几乎每个人
都想到的东西：华沙马路上的爱国主义
和被鲜血浸泡的教堂大门里的基督精神，
来教你弃恶从善？

三

你用你的武力什么也没有干吗？

你在任何时候都没有干过什么？

可是你把什么都抢走了。我要对你大喝一声：

　"住手吧！冰块和岩石虽然没有知觉，

难道我会死在你的刀下？"

　　　　四

你们想用你的钱财去买通一些上校军官，

请他们教你如何杀害你们的预言家，

你们还要把我们变成奴隶，

但你们却没有看见上帝在云中的那只手。

　　　　五

要用冰霜来洗净你们齷齪的眼皮，

要消灭黑山上的奴役制，

敌人，只要你还是个人，

就要放下你的屠刀，

让冰块变成镰刀，万岁！

暴动者，也就是要来个翻天覆地的改变一派 [1]

一

他们到这里来不是为了获得战利品，
而是要把婴儿放在矛尖上，
用枪托去打死身穿丧服的寡妇。
这就是暴动分子。

二

这些暴动分子要使政府里没人办公，
让一些年幼无知的人来管理城市，
但有一些可怕的乌合之众却听信他们，
这就是暴动分子。

---

[1] 1863年，波兰旧领土爆发了一月起义，俄国当局在报刊上指起义不具有全民性质，是少数狂热分子在华沙一个秘密组织"翻天覆地联盟"挑唆下的一次暴动。诺尔维德写了本诗回应。

三

可是上帝已经来到天使们这里，
埃哲奇洛瓦马车道
到处都有十字架的记号，名扬天下，
这就是暴动分子。

四

为什么他们不相信办公室，
为什么要祖国而不要报刊的专栏，
他们只相信耶稣和马利亚的力量，
这难道是暴动分子？

神圣的和平

一

还有几朵沉重的浮云，
没有被马鼻子呼出的气吹散。
还有几座高峻的山在这里挡道。
可是后来阳光普照，
大地充满了和谐和宁静。
只有头盔上的几根羽毛
被风吹到了那真空地带。
但有一个地洞发生爆炸，
火光四起，还有雷声，
然后就什么也不见了。

二

同样在生活中，在时间的旋涡里，
有一匹神马长着鹰的脑袋，
它如果咬着一件丧服，
就会把丧服撕碎，然后它会

从那些根本就不存在的

棺材上跳了过去。

在黑色的棺材后面是和平的使者，

他要给人们以赏赐，①

但总是只有一桩事要做，

只有一桩事，一个奇迹的出现，

然后就什么也没有了。②

检查官——批评家

一

野蛮人把笔举在头上，
你既然对批评和书刊检查
有什么不同都不知道，
那你用什么笔去写呢？

二

第二块庄稼地
是一块不好的地，
还是一块肥沃的地？
它从来不是你的地，
它是用力气耕出来的地，
是属于这个力气的地，是它的遗产。
使过力气的人对这是有体会的。

三

你的力气是从哪里来的？
但这种争论不过是昙花一现，
是作品在审议它们的作者，
不，是作者在评判作者。

四

其实作者和作品并没有区别，
都是懂得友爱的好朋友，
是酒店老板。
可是作品也可能对什么进行抨击，
批评家呢？也可能是一个决斗家。

人所不知的修道女

致一个俄罗斯著名的舞蹈家

看吧，看吧！刚才，她像燕子一样地飞走了，
在剧场里像蜡一样光滑的湖面上，
在白皙的空气中留下了她的脚印。
那些为她喝彩的观众都倾身向前，像要去
摘取露珠，或者用心灵的眼泪去清洗花朵。

带甜味的湖水在流动中起了浪花，
有那么多做祷告的念珠在天上飞舞，
但它们被称为爱的中心的基督吸引，
落下来了，每个念珠在这里都见到了爱。

你，你在望着下面，
可是伟大的诗人却没有咏诵。
我是一个波兰的儿子，我抛弃了头上的花冠，
被你这位俄罗斯的夫人踩在脚下，
我的眼泪真的在闪光，

但你并没有见到它，

你也没有飞到这里来。

1865 巴黎

泛论

一

如果一个艺术家的灵魂正当它生命的春天，
他就可以像蝴蝶一样，
尽情品味这春天的气息。
他可以这么说："地球是圆的，是一个球形！"

二

但如果后来天寒地冻，
万木凋零，百花谢落，
那就应当加一句这样的话：
"地球的两极被压扁了。"

三

你，诗歌，你，辉煌的辞彩！
有一个东西比你所有的魅力
都永远更显高贵：
这就是语言的表达要符合实际。

过去

不是上帝创造了过去，
也不是上帝带来了死亡和痛苦，
而是那个违反了规律的人，他感觉不好，
日子过不下去，也不想回忆过去。

二

但他并不是个坐童车的孩子，
说什么：啊，橡树！
然后跑到林子里去。
林子里有橡树，童车里有孩子。

三

过去——就是今天，只不过过去一点，
在这个范围之外便是乡村，
那里什么也没有，
那里任何时候都没有人去过。

塑像和皮鞋

一

雅典的一个鞋匠对一个像柏拉图那样
善于发议论的雕塑家说：
"思想是不会自己产生出来的。"
雕塑家对他说："废话！
你这是浪费时间。"

二

"因此我要来说永恒，
雕刀下面的一瞬间就是永恒；
塑像一般可以保存两个永恒，
那么你的皮鞋可以保存几个小时？"

黑暗

一

你在埋怨我的话说得太黑，
那么你是否点燃了蜡烛？
你的仆人可常给你送来房里的照明？
你看！我对你最了解。

二

当你把灯芯点燃后，周围就亮了，
蜡在燃烧，变成了一个球样，
可它边上的火焰突然熄灭了，
它的烛光变得昏昏沉沉，不很明亮了。

三

你以为，那烛光会熄灭，
可是在下面，那熔化的蜡仍在燃烧，
请看，它仍在燃烧！

可那些火花和灰烬用来照明是不够的。

四

人啊！我要说的话也是一样，
可你却不肯花点时间也说几句，
只要能够温暖一下这个世纪的冬天
把有献身精神的火焰送到天上。

幸福的人

又名《世界的意义》

一

一些人闹着在桌旁进餐，

只是没有我的座位，

说这是习惯，但我对这却不习惯，

可是又有人说，这里还可以举行婚礼。

二

因此我举杯向入席的人祝酒，

但是他们只给我倒了一杯他们剩下的酒，

说这也是习惯，要尊重寡妇，

还说这样可以得到一个儿子！

三

我游过了大海，可是后来

有人带来了消息，说是我的船破了，

为什么会这样，有各种解释，
但只说明了一点，
这不是做梦就是对生命的预卜。

四

有人说，这个世界最阴险和狡诈，
本来无法生存，却要你在这里结婚，
本来要埋葬你，却说你会活一百岁，
人都把你忘了，又说这是对你
最高的评价。

政府官员 [①]

一

这是一些政府官员，
啊，这样的官员，我见到过很多。
我记不起他们的身上有多少扣子，
也不知道这些扣子做什么用的？

二

我只知道世界变了，
战场上使用的武器，发动攻击的队伍，
人民的旗帜和战斗的勇气都变了，
但他们呢？……永远是那样的政府官员。

[①] 原文为Czynowniki，原是一个俄语词，诺尔维德用拉丁字母拼写成复数的波兰语词。

三

大海掀起的巨浪像一根盐的柱子，
凶险的暴风雨横扫了一切，
世界末日的号角吹响了自由的赞歌，
可他们呢？还是那样的政府官员。

四

古老的群山穿上了绿装，
以往的狂暴变成了非洲的草原，
过去的碉堡和军装也都消失不见了，
可这些官员呢？退休了。

狮身人面像

那个狮身人面像，
就立在一道阴暗的悬崖的近旁，
它和我一样，就像一个强盗，
一个收关税的官员，或者一个穷苦人
在呼喊着"真理！"这是饿肚子的真理，
也不让游客有个喘息的机会。

　　　　　＊

"它是一个人吗？是一个幼稚的、
尚未觉醒的祭司……"
我这么对它说。

可奇怪的是，
狮身人面像往后退去，
背对着崖壁，我作为一个活人，
便从它的身边一闪而过。

一个最爱自我欣赏的人

一

一个最爱自我欣赏的人，看着自己总是那么心满意足，
他叫了一声："看吧！你这个不相识的人，怎么样？
他高居于希腊之上（他比我高明）。"
但他这时却没有得到回应。

二

"这是一些水的镜子，这是湖泊，
一些斜坡的蓝宝石色的深处。
它们不一定见之于希腊，
但它们见之于日月之光下，见之于云中。"

三

你的形象，请注意！它在颤抖！
因为你在看着纯净的水面，
镜面的反映是日光的照射，
水底是家乡的水底。

乡村

一

啊！在用苹果花绘制的地图上和
月亮镜子里的白色的乡村里，
有一个新娘，
她居住在一个僻静的地方……

二

你的过去永远是昨天，
你的未来伸手便可以触到，
你那里总有你的季节，
你是疗养地里的神父。

三

你总是你自己，不管是在干旱的棕榈国度，
在白桦树的绿荫中，还是在金色的青苔上，
你都是那么聪慧和健康，

你是林子里一个美好的灵魂。

四

劳动为你创造了历史，
但刺柏球果树却不该长在你那里，
有个牧童来到你的身边，
可是还有一大群人做事很不小心。

五

一场可怕的灾祸突然降临，
首先是冰雹从天而降，
然后一百个农舍被大火焚烧，
花园全都被水淹，成了湖泊。

六

橡树从地里被连根拔起，
可灾难却变得越来越凶狂，
大浪冲垮了墓地的围墙，
猛击着坟墓里的棺材。

七

这时有人想到了冰雹
是否打破了窗玻璃？
是否砸碎了红色的野果
或者那些结在一起的蘑菇？

专门学问

一

这个世界，为什么不是天堂？
这个世界，为什么没有理想？
你听我说：我认识两个人。
啊！这两个人……有一个
就有可能是什么呢？

二

他们中的第一个，
因为教育不当，
把自己的孩子都杀了。
他还酗酒、爱诅咒、玩骨牌，
"但他有世界上最美好的心灵！"

三

他们中的第二个，

不值得为他讲什么好话。
可是有人说，
他就像第一个那样，
有世界上最美好的头脑。

        四

因此，世界到今天虽然不是天堂，
但它必将成为天堂！
一个人的脑袋总是长在身躯上，
虽然没有两个，
但总有一个。

无依无靠

一

有人说，每个世纪的进步都在为我们创造财富，
这句话我爱听，我为此也感到高兴。
但遗憾的是，现在每天都使我
更加厌烦了，我是一个将要死去的人！

二

有两种文明，从宏观的视角，我看到了
一种对所有的一切，都想去努力地发现；
另一种像开玩笑似的，要用宫廷侍从华美的礼服，
把所有的一切都遮掩起来。

三

这种文明是要发现吗？可它一直在往太阳走去。
它对一代又一代的人说："你们等着吧！

因为，

我如果有了许多发现，最后，
我都会告诉你们！"

四

另一种文明要遮掩吗？它也会感到高兴，
但它的高兴与众不同，
你可以把像喷泉一样涌流的泪水给它看，
它会对你说："不要管它！
这大概是下雨了。"

五

人类如果有两个这样可靠的监护人，
就一定不会感到无依无靠。
如果地球不是我们的保姆，
那么太阳是什么？它是人类的眼睛。

漠不关心

一

如果你在生活中有几次被人出卖，
唉！这是多么大的痛苦……
我当然很同情你的控诉，我说：
我流了很多眼泪，先生，你是国王！

二

如果有人在一年中，
会出卖你三百六十次，
那我的心也就不为所动了，
我也许会变得假仁假义，
但我不会像岩石一样，
一点反应也没有。

三

一个人被出卖的次数越少，

那他就会被出卖得更加惨重。

如果一个人没有感受过被出卖的痛苦，

那他也不会取得胜利和获得王冠，

除了这个还有什么呢？

那就看世界给你什么了。

讥讽

一

要用一个凿子把一部杰作
从大块的岩石中挖出来，
但不能让它发出咯吱咯吱的响声，
也不能用锤子去敲打它。

二

呼吸要均匀，
要转动车轮的轴心，在后退的时候，
不要讥讽地发出吱呀吱呀的响声，
这就能够把一件事做成。

三

啊！有个人大概要睡了，
但他比那些不断诉怨的人站得更高。
可这又怎么样，他的眼皮上

已经显示出讥讽的睡意。

四

感情的来访并不是讥讽，
别人的痛苦也会留下痕迹，
只要是第一个见到它，就会对它有感受，
这是生存一定会留下的倩影。

五

你可能以为，黄金的世纪
没有斗争，会自动地降临人间，
那么它在哪里？它首先要有
那些不惧死亡的品德的引导。

小说

一

我首先要写的是我的主人公
怎么进到学校里去，又挨了鞭子，
这是为了使那些伟大的读者们感到满意，
他们认为我们民族的小说
一定要写农民的烟袋、滑稽故事和叫喊声
（这种小说永远写不完，
总是有新的要写）。

二

如果有一出法国具有双重意义的滑稽剧，
我会把它变成一件长袖开襟的外衣[①]，
或者变成一个小童话，
让它穿上一件克拉科夫人穿的破棉袄。
我会扮演老头，使女人感到惊奇，

—————————

① 这是当时波兰和乌克兰男性常穿的外衣造型。

可这时候，英雄却参加了俄国军队，
还当上了军官。
（可是他的兄弟却挨了鞭子。）

三

这里，我真心诚意地做了一点小的修改，
我让我的主人公来到了乡下，
我描写了厨房，调味品和树根，
还有如何淘取金沙。
我给一个少女唱歌，她流下了眼泪，
然后设宴请客，令人感佩。

四

小说的结尾没有写奥德赛
这个多少代人用鲜血描写的英雄人物。
我的一首诗和另一首诗就像一条大街的两边，
远距离看，这两边没有很大的不同。
橡树上的花朵散落在地上，
安静，微笑还有鞭打的威胁。

五

在但丁的民族的地狱中，
更多的是写托斯卡纳，
而不是古老的佛罗伦萨。
在我的歌中表现了诗歌所有的精粹。
读者听了我的朗诵会不会打喷嚏？
要尊重老者，祝他们永远健康！

六

可是在我的脚下有一副棺椁在抖动，
天空也在抖动，电光闪烁，
我拿起笔有了更认真的思考，
一个池塘的岸边变得像死人一样地苍白，
那里有一个光着身子的野孩子，
不，他是一个有素养的文学家，
我们的同行。

西伯利亚

一

在极地，在历史的休耕地上，
那里的天空
天天都使人想起上帝，
"冷啊，我感到……"

二

你们什么时候回来？
你们是什么人？要做不要命的试探，
去寻找第二个西伯利亚：
金钱和劳动的西伯利亚，
那里是自由的，那里有坟墓！

三

还有第一个西伯利亚，
两个这样的西伯利亚，

两个遭受奴役的西伯利亚。^①

我用脚在驱赶，

穿了一件破旧的仆役制服，

伟大的主……灵魂！

---

① 指西伯利亚作为苦役犯和反抗者的流放地。

悲哀

一

牲畜要吃那一束刚开出来的鲜花，
并没想到这样会长不出果实，
你会为此悲哀，
但你不要埋怨牲畜！

二

悲哀是属于大自然的，
心灵能够承受，
心灵要承受的悲哀
比它应当承受的
和它最热情地表示过
要承受的悲哀更大！

三

你们要对这朵心灵之花表示敬仰，

因为它很高贵，
但是它的这种高贵过于奢求，
有你一半的承诺就够了，
悲哀之后会有收获。

四

我对那种急急忙忙地
去摘下果树枝叶上的花朵，
使它到了秋天长不出果实，
然后又埋怨果园贫瘠的人，
不会称他为园丁。

五

但我要说他是个浪荡公子，
即便来到穷人的家门口，
也没有让他们分享过他的美食，
因为有品格的苹果树
也会让人们尽情欣赏
它那美丽的苹果花。

再见

一

真理在叫喊："如果你要找我、
大地的儿子，你可带着一时的热情，
把你的绳结解开！因为你没有看见，
你完全在我的阴影中。"

二

这是大众强有力的呼声：
"来吧！带着一时热情，
大地最懒惰的儿子，要团结一致！
我是谁，我叫行动，真理是什么？真理毫无价值。"

三

祝你们健康，你们两个人，再见！
墓地里的青苔上的梦魂在呼唤我。
可我既不想见到这毫无价值的真理，
也不想见到这没有良心的大众。

亲近的人们

一

对他们来说，时间短倒更容易躲藏，
速度、重要性和尺度，
一个人只要能够说，他或者他们
有多少年能保持身体健康。

二

人是那么微不足道，
能承受比灾难更大的痛苦吗？
十字架在坟墓上被弄脏了，腐烂了，
变了形，毫无价值。

三

一些不能发声的东西却
在不断地呻吟，它们是多么微不足道，
用泪水把灰土粘在一起，

结果眼泪也脏了。

四

因此在手帕的边上也留下了
最后一滴眼泪滚动的痕迹，
这个你的那些朋友的最后一个
也会向你提起，偶然向你提起……

五

到那个时候，啊！到那个时候，只有
思想和生活的纽带，存在的戏剧化。
你的伴奏从一开始就使人们
对你产生了很大的兴趣。

六

因为现在到处都有你却没有我，
你一定要用良心去审视一切，
这不是你的智慧，也不是你的希望，
而是你的怀疑。

七

我在这里见到了三种人，
我在三个方面和他们有关系。
有一些人你只要见到他们，
他们就认识你，就像认识字母一样。

八

你和他们虽曾面对着面，
但只有一会儿，后来，
麦苗从地里长了出来，
变绿了，响起了一声惊雷。

九

另外一些人的面部表情和他们的手势
都在表示他们有一个请求，他们也能
做出保证，因为他们的一生就像那个
用手抚摸过的基督圣像一样，是值得怀念的。

十

还有一些人，这种人很少见到，
你虽然在一个世纪前死了，
但他们来了，对你表示信任，
都要和你坐在一起。

十一

还有那些和厄勒克特拉①一样的人，
他们没有力量但在生活中却很顺心，
他们的墓葬都在等着他们，
你会怎么样？
　　　　　　　我不想说，你自己猜吧！

———————

① 　希腊神话中阿伽门农的女儿，父亲被母亲谋杀，多年后与弟弟俄瑞斯忒
斯为父亲复仇。

道德

一

艺术家一定有爱心，
虽然他像赫拉克勒斯一样，
总是裸身站着，
但他的道德不仅是个人的道德，
而且也是一种集体的道德。

二

两块石板，两块显灵的石板，这是合乎法度的奇迹。
一个在今天表现了良心，
另一个像石头一样，已经彻底破碎了，
但人民是坚强的。

三

对第一块石板，我们有了一些概念，
我们也能为它写一部著作。

但对第二块石板，却只有一些零散的知识，

在各族人民之间，

就像德鲁伊教①的碑石被打碎了。

四

对第一块石板，每个人都是一个群体，

为了让第二块石板不被打破，

摩西向我们伸出了脑袋，

他的脸上闪闪发光。

风吹得很大，像西奈的山顶上的风一样，

还有山间的回声和雷鸣电闪，

你会感到你的手掌接触了生命，

你在那块被打破的石板的碎片上

看见了上帝的十诫。

五

终于来到了这一天，

那个击破了平台的愤怒

---

① 古英国及欧洲大陆凯尔特文化中的原住民宗教，崇拜自然与平衡，"德鲁伊"原意是"熟悉橡树的人"；其碑石往往很大，未经雕琢。

变成了创造的热情，
这种热情虽然被分散了，
但也露出了它那安详的脸面。

天和地

"你要更现实一点!
什么? 你总是想着有三重天吗?
坟墓不断地被流水冲洗,
它在吞食你的骨头和灰土! "

*

啊, 是的, 一个人不管站在什么地方,
他能看到天的次数
要比看到地的次数多得多。

品德的面貌

 一

我见到过品德有三种不同的面貌，
就像光线、阴影和错觉一样。我不愿说，
哪一个会把我引上错误的道路。
但我对三个都要做出整体的评价。

 二

我见到过悲剧的品德，多少世纪以来，
它都战胜了一切阻碍：
从利剑的威胁到十字军骑士的铁钉，
从监狱里到绳索和在斧头下。

 三

从把泪水吞下到眉开眼笑，
所有官僚的统治，
把他们的神像搬到教堂里，

都不会让它小心翼翼地低下头。

四

可是神庙的拱门上，看起来
就像在一栋普通的房子里一样，
一些僵硬的肢体躺在石板床上，
一点也不感到羞愧。

五

悲剧的品德我真的见到过，
在高高的胜利教堂里，
花圈多得像树叶一样摆在它身边，
白云在它的头上颤抖。

六

后来我又见过戏剧的品德，
它像浪花一样充满了灵感
在田里施了肥，便可见到金黄的麦浪，
麦浪会把周边的岩石挤倒……

七

但是品德被妒忌遮掩，
它就像被戴上了事先准备好的
假仁假义的面罩一样，可是这个
假仁假义却没想到自己要什么遮掩。

母亲①，你在那个时候

一

没有开头

你，母亲！你照上帝的旨意，
给所有的人指出了第二条道路。
你默默地站在一张小床的旁边，
用右手遮住了从外面
照进来的明亮的光，
你的手留下的阴影
有整个房间那么大。
它的五个指头都是由亮光编织而成，
像光线一样在不停地颤抖。
此时一幅华盖便朝着
这个婴儿②飞过来了，
婴儿在做梦，星星在闪光。

---

① 指圣母马利亚，也泛指神秘主义的引领（往往与阴性／母性结合）。
② 指降生的耶稣。

二

如果一个社会完全处于睡眠状态，
它的机构有一个整体的感觉，
但又有一种看不见的大难临头了，
我们能够感觉到的
和早已降临的这种苦难，
使我们的亲属以及所有和我们亲近的人
都好像冻僵了一样，
虽然他们的窗子里能照进温暖的阳光。
他们的梦中也总是觉得自己遇到了危险，
在悄悄地说自己常有一种害怕的感觉，
但是害怕也没有用。
这是感觉？这是警惕。
这是关怀？这是对社会机关的监督。
这是坚定的信心？这是一道
并非坚不可摧的城墙所表现的坚不可摧。
这是篝火的温暖？这是殷勤好客。
日照虽给三个农民
带来了光明和温暖
但它不时又被深色的云层所遮盖。
梦幻和光亮十分相像，

但梦的继续就违反了上帝的规矩。①
到时候，你会知道另一条道路，
你不用等到仆人去和客人打招呼，
你自己就应懂得如何持家，
当你成为社会的奴仆后，
你又遮住了那现实中残酷的光亮。

　　　　三

正像人们所说，要对你表示"敬仰"！
你不仅爱你的双亲，
而且要对他们表示礼貌，
用亲密的语言和天生的笑脸
使他们感到欢心和喜爱，
（就像小鹿对母鹿那样，
从它的乳房里吸奶，
像喝壶里的水一样）
这是一些永远要说的话：
　"你既尊敬你的父亲！
也尊敬你的母亲！"

_____

① 　如果长久处在睡梦中，会丧失对现实的意志和责任感。

小玩具

我想过七弦琴，也想过什么是风格，
虽然浪涛把它们像天鹅一样地托起，
也不管它们要走多少路和多少时间，
但它们都是工具，都有自己的目的。

　　　　*

我想，如果老百姓无法维持生活，
病得连说话都喘不过气来
可预言家却弹出了最高的音调，
那么这个世上的空气又怎能令人感到舒爽。

　　　　*

我还以为，这把琴上的每一根弦都知道：
要什么时候把它弹奏？弹什么音调？在哪里弹？
这些琴弦的香脂味会使人感到
它们的每个音调虽然不同，却很相似。

我们这里，也无须等到最后，才能知道真实情况，
使我们受到一些不大的刺激。

         *

我想，这里的预言家是那么多，
多得就像他们身上的伤疤一样，
但他们通过神秘的形式和对时间的运用，
定能将他们的伤疤好好地包紧起来，
把它们治好。

         *

啊！原来我弄错了，我自己也有病。
竖琴的使命令人向往，
因为它是为了追求真理……
就像窗帘里闪闪发光，照亮了它的色彩，
就像绿色的风景，就像紫罗兰色的泉水。
牧羊女身穿薄纱连衣裙，
她们离不开这块土地，却没有触到地面。

*

她们在做梦，这是窗玻璃？这是地板。

她们哼着小调："迈开步子，不要扶栏杆！

拥抱幻想，幻想有乐趣。"

小玩具！小玩具！

肖邦的钢琴

音乐是一种奇特的东西。①

    —— 拜伦

艺术……就是艺术——而且，仅此而已。②

    —— 贝朗瑞③

一

末了这些日子我在你的身边，

一段没有说明的情节，

就像神话一般地充实，

就像黎明一样地苍白，

生命快要结束却悄悄地说它正在开始，

  我不能把你毁坏，我不，

  我要把你高高地举起。

---

① 原文是法语。
② 原文是法语。
③ 贝朗瑞（1780—1857），法国诗人。

二

末了这些日子我在你的身边，

可你愈来愈像，愈来愈像，

俄耳甫斯丢弃的七弦琴，

你的歌声浑厚嘹亮，

四根琴弦在说话，

互相碰撞，

两次，两次，

你对它们悄悄地说：

　　"他是否已开始弹奏，

　　他是不是这样一位巨匠，

　　虽在奏乐，但他的琴却已被推倒？"

三

这些日子我在你的身边，弗雷德里克[①]！

你的手，一只石膏一样白净的手，

一双誉满全球的手，

不时触着鸵鸟的翅膀。

---

① 　即肖邦，全名是弗雷德里克·肖邦。

我看见那牙骨键盘

在不停地跳动……

你，就像一尊大理石雕像，

但你身上没有雕琢的痕迹，

巧夺天工，旷古奇迹，

天才啊，不朽的皮格马利翁。

四

你在演奏什么？你在叙说什么？

尽管你的音乐与众不同，

但你的双手给人们送来了和谐的祝福。

你的演奏就像伯里克利①一样质朴和完美，

就像古老的德行，

走进了村子里的松树林，

她自言自语地说：

"我在天上已经获得了新生，

天堂的大门就是我的竖琴，

林中的小道变成了我的彩带，

我在白色的庄稼中看见了一块圣饼，

---

① 伯里克利（约前495—前429），古希腊政治家、演说家、将军，在他领导下的雅典达至全盛。

伊曼纽尔^①已住进军营。"

五

这里就是波兰，

她在历史上的鼎盛时代

曾经享誉四方，

就像彩虹一样地辉煌，

可她现在变成了车轮制造匠，

变成了黄金和蜂房。

（我在生命结束时认识了你！）

六

你的歌已经唱完，

我再也见不到你，难道我只能听到这么一次？

什么？你的键盘仍在不停地跳动，

就像孩子吵架一样，

要把你的歌再唱下去。

他们唱了五遍、八遍，终于停了下来，

---

① 罗马的伊曼纽尔（1261—1328），意大利犹太学者、诗人，用希伯来语
写作。

于是悄悄地问道：

"你还弹琴吗？

你是否已抛弃了我们？"

七

你，你是一个爱情的侧影，

你的名字叫补充，

你的艺术的风骚

渗入了你的歌，像石头一样地坚固。

你在民族的历史上叫时代，

历史上没有像你那样兴盛的时代。

你相信精神和文字，

也相信"终了"①。

你的业绩是那么辉煌，

可你是谁？你在哪里？

还有你的记号。

你是菲迪亚斯，是大卫，还是肖邦？

你是否在埃斯库罗斯的舞台上？

世上总有缺陷来对你进行报复，②

① 原文是拉丁语。
② 伟大的艺术都有其缺陷。

在这个地球上有它的脚印，

要进行补充吗？你很痛苦

情愿不断地留下典当。

麦穗……在成熟的时候宛如金色的扫帚，

微风轻轻地吹拂着它，

小雨将麦粒撒在地上，

只有完美才能展现它的容貌。

八

你看，弗雷德雷克，……这就是华沙，

在燃烧着的星空之下，

它是多么地明亮，

你看，法拉那里有一架风琴

你看，那就是你的家。

那里有一栋贵族古老的房子，

这是一个很普通的东西，

广场上灰色的地砖无声无息，

齐格蒙特①的宝剑插入云端。

---

① 齐格蒙特三世·瓦扎（1566—1632），波兰—立陶宛联邦国王。

九

你看……高加索的大马

在小街小巷里急急忙忙地奔跑，

就像燕子害怕暴风雨的来临。

它们成群地跑过了营地，

跑过了一百个又一百个这样的营地，

用大火烧毁了一幢幢高楼，

大火虽然熄灭，可又燃烧起来，

我看见墙下有身着丧服的孀妇，

全副武装的士兵在把她们驱赶。

我看见了，在烟雾中我看不见，

在圆柱和栏杆的那边，

好像有人用棺材样的东西

抬走了，抬走了你的钢琴。

十

你曾宣布波兰的历史

在她的鼎盛时代曾十分美好，

你曾为她高唱赞歌，让她名扬四海，

她现在已经成了车轮制造匠的波兰。

你的钢琴在花岗岩马路上已被人抬走，
就像一个人的美好的理想
遭到众人愤怒的责骂。
等到许多世纪之后，
人们终于觉醒，
可是你的俄耳甫斯的躯体
已被一千种狂热撕得粉碎，
于是人人都叫喊着：
"这不是我，这不是我！"
真是咬牙切齿。

     *

若不是你，难道是我？
让我们唱着哀歌，来进行最后的审判，
让我们高呼："高兴吧，儿孙们。"
 理想失落在马路上，
 花岗岩在低声地哭泣。

十字架和小孩

"我的老爸！有两只小船
径直往桥这边游过来了，
有人敲打着桅杆！叫了一声：
往回走，要不全完蛋！

你看！那里有个十字架，
一个危险的十字架，
桅杆在往上升，
和桥面交叉……"

"儿子啊，你不用怕！
这是得救的信号，
我们游吧！不管怎么样，
你看，是不是情况有了变化……"

但不管是横看还是竖看，
全都一样。

"十字架到哪里去了？"

"它成了我们面前的一扇大门。"

1866

上帝们和人

一

今天的作者像上帝一样，
只要吹一口气，
就会马上拿出一部杰作。
他们都像展翅飞翔一样，
在迅速驱动着沉重的铁犁，
把劳动当成游戏。

二

不仅阳光给月桂
留下了美丽的倩影，
好心的微风
也给它带来了抚慰。
一天可以获得二十年的荣誉，
这是多么幸福的一天。

三

从维吉尔的美丽的树杆上，
也会飞过来
人的灵感，
二十年的工作，
为了这一天，
为了这一天的创造。

忏悔

角斗士

约翰神父，我不向罗马诸神纳贡，
就像您教导我们的那样。
虽然我这辈子就是个角斗士，
但正像你说的，我是个基督教徒。

*

要我去做游戏，我能做什么？
让我参加了杂技团，也并不是我的选择。
神父啊！我是一个孩子的时候，
就练就了这样的本领，
能将一个饥饿的狮子撕碎。

*

您要我做什么，我一开始怎么做？
我做什么都可能并非有意，也可能出于习性，

我的双手就像两个颈圈，

能够套住一头狮子的脖子。

观众为我鼓掌，可是上帝啊！

他们对这并没有亲身的感受。

神父

儿子啊！你，要相信，

上帝并不是要你去死，

而是要你成为在角斗中取得胜的永远的见证，

要你去参加那永远的婚庆，[①]

以参孙为榜样并不是教会对你的谴责。

角斗士

耶和华，我要歌颂你的名字！[②]

耶稣，我向你问好！[③]

---

① 诗中描述的经历多出自参孙。

② 原文是希伯来语。

③ 原文是拉丁语。

尤泽夫·扎列茨基 ① 之死

一个永远活着的人，
是大写的儿子 ② 找到了他，
我们虽然从来没有见到过他，
却可以毫无顾忌地谈论他。
这个永远活着的人不愿给人们
带来惊慌失措的痛苦，也不愿
把他们的心变成坚硬的岩石。
他要使他们能够战胜自己，
和欢乐永不分离。
他的耳朵里装的都是怜悯，
他很想听到人们的呻吟。
就是田里的草根断了，
他也要这个巨大的天空
给它浇上一滴露水。
这是一个分裂多于圆满的时代，

---

① 尤泽夫·博赫丹·扎列茨基。
② 指耶稣。

一个破坏多于凝聚的时代，

现在很多人都要远离死亡，

你的死，尊敬的尤泽夫！

更是一个应当给予祝福的行动！

我们也许早就忘了什么是死亡，

忘了基督的死的明朗的色调，

忘了他的整个生平，

这些我们真的全都忘记了。

我们看见，所有的一切

都变得四分五裂了，

我们也听到了那把门强行打开的

可怕的吱呀声响，

可是在这个国王休养的好地方，

阳光明媚，是没有人去

把这扇门关上的，

祭司也不能把祭品全都锁在祭台上

不让人领取。

致现代人

颂歌

一

我告别了我的国家和我熟悉的堤岸，
我用一只脚使劲地踢着它，
就像划着小船上的桨一样，
这条桨也告别了土地，
它是怎么告别的？
它是在告别那在地面上缓慢
而又自由流动着的水泡。
国家，在一个国家里所采取
的每一个行动都太早了，
但是每本书对它们的记载，
却又太晚和太晚了。

二

我用脚使劲地踢这个堤岸，
它也很顺从地在我的脚下

弓下了身子。

它还对我小声地说：

它在遭受苦难，

这是一种十分高尚的苦难。

（但它却以一个男低音的声调

在咒骂我！）

　　　　三

啊！你们唱着血腥和火气十足的歌，

这是什么时候？

难道你们不知道什么是审判？

你们过去生活得很快乐，

但是你们谁都不知道，

你们所有的人都是

在腥风血雨中长大的，

你们都是纯洁的人，

头脑像数学计算一样精确的人吗？

不是！

　　　　四

这是一首情调阴郁的歌，

但是在你们那里，

是不是变得非常明亮了？

遗憾的是，你们任何时候都不会知道

这是为什么？智慧的巨人说：

"去睡吧！睡吧！"

可它就像一个晕头晕脑的女人，

在跳舞的时候说出来的话。

1867.11 巴黎希的卢泰西亚①

---

① 　原文是拉丁语Parisiorum-Lutheciae，巴黎希是一个高卢部族，居住在塞纳河沿岸，卢泰西亚是罗马人征服此地后建城的命名，4世纪时改名为巴黎；故此也可意译为"古老的巴黎"。

要给她说什么?

一

要给她说什么……啊，说点她喜欢的，
不管用什么方法；
说点一般的道理，例如一昼夜，
就是整个地球转动的一周。

二

只要我们的脉搏跳动一下，
世界就要转动数不清的里数，
极地轴心的吱吱声响我们永远不会忘记，
时间使巨大的空间不得安宁。

三

一年……整个大自然都在震动，
一年四季……不仅
水结了冰又融化，

心也在跳动……只跳动一会儿吗？

四

这就是要对她说的话……

　　　　　　　然后会遇到好天气，
什么地方冷？什么地方热？
再说一句：什么样的天气？在这个时髦的一年中，
再也没有什么要说的了。

1868

告诉他们，精神代表了永远不变的思想

一

告诉他们，精神代表了永远不变的思想，
神经的手指在弹奏键盘。
万丈深渊上的一道桥
它突然变弯了，危险
　　　桥上的人以为你会来救他们，
他们在窃窃私语，哼哼地叫着，
把自己当成椅子，坐了下来，坐在地上，
坐在一颗行星上，行星迅速把他们托起
（往上托……）

二

你对他们说吧！这是生命和太阳，
一个人站在一根笔毛上，
就好像在精神的眼睫毛上。
他们的视线进入到了那无底的深渊，
他们在听，在摸着鼻子，

依然有感觉，没有睡觉。

三

你叫唤吧！我主在伯利恒诞生了
人们年年都是那么兴高采烈，
他们并不是一些没有用的人，
夜晚在草堆上吃了很多，
在燃烧着的星座下面
吃了鱼和蜂蜜，还有罂粟花炒面疙瘩。

1875

干什么?

在基督的欧洲，已不按照习惯去做事了，
那么在一个被分解的国家里
又怎么从头开始？一个长着三个脑袋的民族^①
能够做什么？这个、那个人和所有的人都在问。

往上看，在民族的祭坛下面的军队，
只剩下一个看守阶梯的警卫。
皇冠也失去了它神圣的光彩，
权标已经丢失，军旗被卷起来，
国土被踩在脚下，既然如此，
有谁能够进入到那精神的战壕？
如果警觉的人感受到了痛苦，
但又沉默不语，那么谁会
不小心地打破这种局面？

---

① 指波兰在1772—1795年间被俄罗斯帝国、普鲁士王国、奥地利帝国瓜分，需要听从它们的指令。

如果你只有一个历史上的祖国，
（就像特洛亚那样，它已不存在了！）
那就像古罗马一样，
只会听那过去的祈祷声，
祈祷的人一边数着那些念珠的颗粒，
教堂里的竖琴也没有调好音。
要保持：沉默，永远保持沉默，
如果有一个现实的标准，
祖国就是一块干了的沼泽地，
人民的权利在猛犸的化石中，
让人们去践踏吧！它已经朽了。

时间的回声

道德对哲学生气，
哲学也对道德生气，它们都爱吵架，
烟和火都冒出来了：
这个越来越亮，那个就越来越暗。

　　　　　＊

"我，"哲学说，"不用你道德的参与
就可以办事！"可是道德
又对哲学大叫了一声：
"没有你，我会怎么样？"

　　　　　＊

"别说了！"有人叫道，
"我要用鞭子叫你们和解。
你们要知道，我的儿子昨天出生了，
如果你们要吵到

他去上学的那个时候，
那他不论是你这个道德，
还是你这个哲学
都不会去见了。"

＊

这里有一个大人物
（称为奉献的大人物）对它们说：
首先要有进步，不管后代怎么样
也不用讲什么原则，叫一声：
"让它们离开！"

诗的死亡

哀诗

她死了，有比她的死更悲哀的吗？
怎样去理葬这么一个美丽的女人？
她是患重病死的，
这种病叫金钱和手稿。
你对那个可怕的一昼夜还记得很清楚，
我站在她的床前沉思，
真是热泪盈眶，我想知道，
她死去的是灵魂，还是躯体？

她（我说的是诗）把自己一只苍白的手臂
放在她的眼前，做了个小手势，
叫我把灯光遮住，可是她的微笑使我产生了错觉，
她的眼里展示的春天在嘲弄我。
我不知道，我看到的是她的伤，还是她的记号？
她全身颤抖的时候，左边的乳下有一个阴影。
啊！我从来没有像现在这么悲哀，
因为我也有一个坟墓，我要摘掉它上面的一朵花。

她（诗）死了，她是两种无法

融合在一起的境界的中介，一个伟大的中介。

广阔的海洋和一滴露水，

女皇和女雇工，

既独一无二又无所不包，

还有闪电和鸽子。

那些把埋葬死人当成他们的手艺的人，

要给这位高贵女皇的身上撒上灰土。

从此教堂里永远是一片寂静，

我从平坦的路面上走过，

没有踩踏她的坟墓，

我走在被沙土覆盖的坟地里，

因为想到了那些破坏分子，

便大吼了一声，要给他们以响亮的还击。

我知道，要把火送给那些没有火的人，

它虽然在燧石中没有燃烧，

但它在天空中一定会燃烧。

1877（1870） 伊夫里 [1]

---

[1]　法国地名。

Ⅱ

散　文

黑 花

如果对某一件事感兴趣，这里就可以把它记下来，但是我却有一种厌恶感，所以不愿动笔，心里想："值得吗？"至于说到读物和文学创作现在是个什么概念，我几乎一无所知。因为作家如果要坚持他描写事物的客观性，就不能表现他的风格。如果没有风格，也不会有一个固定的形式。一个人在地面上，难道只知道往低处走？如果他只知道往低处走，就再也不会走到高一点的地方去吗？这种情况在一些人那里虽有不同的表现，但都是一样的，只是今天很少有人对它有所察觉。因此，如果我们要找到一条能够到达目的新的道路，那是很难的。现在最好是作品的情节和形式要有一个适当的配合，既不要添加什么新的东西，也无须大胆地做什么别的尝试。

一本书中描写了生活，提供了某种知识，但是从它描写的片断是看不出它的风格的。

就是那些大的艺术作品也是这样，它们有时处于自我封闭的状态，是因为不愿看到一些粗暴的批评对它们的无理指责，这些批评家认为一个艺术家的创作必须遵照两种模式：

第一种叫书本上的古典主义模式，这种模式就是伯里克利时代的希腊人和凯撒大帝时代的罗马人也不知道是什么。第二就是临时性的新闻报道的模式，是因为印刷术的进步所需要采取的一种创作的形式。所谓古典主义模式看似无所不包，但没有说明书本中描写的东西和生活有什么联系，另一种即新闻报道的模式不能反映事物的本质，它所反映的东西都是暂时的，会即刻消逝。

　　因此，中世纪那些写得很好的回忆今天依然受到读者的欢迎，这是一种社会良心的表现，是应当受到尊重的。读者看了这些回忆录，就好像看见了他在远方的朋友，他的朋友正走在回家的路上，并且对他说："我总是要看你的照片，要看一个小时，我还要给你写信。"

*

　　我常常去看我最爱看的罗马地下经堂里基督教最早留下的壁画。记得有一次，我是从地下经堂回来，但这件事现在就不用详细地说了，因为要说到这些画中画的每一个记号，每一根线条都有很长的历史，我没法把它们全都说完。我这里要说的只是，这是一座巨大的地下城市，有那么多的题词和素描画，使我感到它们是在一出天使般美而又带有血腥味的戏的所有的场景中表现出来的，其中没有一滴流出来的血不是表现了作为信徒的作者对它们的尊重，他们在为它们的流出来进行祈祷。这里还有一些碎玻璃片，今天看起来呈燧石的蓝颜色。它们原来是放在经堂里的那些像图书馆里的书柜样的石椁上的细颈瓶，被打碎了。这些碎片到处都是，给人造成一种印象，就好像这些玻璃瓶里原来装的也是殉难者的血，现在洒满了刑讯室的墙上，就像一个阔富人家的老爷杀了很多羊那样，把那么多的羊血都不要了。

就在这个时候，我见到了一个老人弓着身子，拄着拐杖，从经堂里的一个西班牙阶梯上走下来。他就是斯泰凡·维特维茨基[①]，他那漂亮的面孔看起来总是那么年轻，他的头发也梳得很好看，大把大把地披在肩上，但是他却拄着这根只有非常衰颓的老人才拄的拐杖。后来不久，我在他的家里又见过他一次，那是在他死前的一个礼拜。他当时像平常一样躺在一个长沙发上，没有脱衣服，讲话也感到很累。他望着我，眼睛总是那么明亮，但他却流泪了。这时候，他一般都要站起来，把手伸出来，希望有人扶他起来在房里走走。他看了看我，因为我已经走到了他的身边，他对我表示欢迎，并伸出一只手，要拾起在沙发旁的地上的一个橘子（这个橘子他不是留给我，就是留给加布列尔·罗斯涅茨基的，只要他对我们的工作满意，他还会给我们送来雪茄烟和小玩具），我很礼貌地接过了他给我的橘子。加布列尔当时也在这里，因为在最近一些时候，他每天晚上都整夜地坐在

————————

① 斯泰凡·维特维茨基（1801—1847），波兰诗人。

这个因为患了天花完全变了样的斯泰凡先生的身边，伺候着他。加布列尔因为知道斯泰凡·维特维茨基每次站起来，向他伸手是什么意思，每当这个时候，他便扶着斯泰凡要在房间里走几圈。他走得很慢，还跌倒过一次，但不严重，反而觉得很舒服，这很明显是精神失常。此后，他走的时候还要用手对房间里的一些地方指来指去，然后停下来说：

　　这是什么花？这朵花，请你告诉我（房间没有花）这种花我们这里叫什么？

　　它在波兰到处都有……这种花还有那种花……我们这里总是有个名称的……

　　后来，我再去拜访维特维茨基，他因为天花躺在那里不仅样子完全变了，而且连话都说不出来了。他死之前不久，克利茨基将军也死了。当时几乎所有爱在他那里玩耍的波兰的男人和女人，都整天整夜地围住了他。现在一想起这个就会引起我对他的敬仰，但我已经很少想起他了。

　　我曾多少次地想起我和那些已经到了一个看不见的世界里去的人的最后一次谈话，他们是在这里死的，我不知道如何消除这些好像已经固定了的对他们的回忆，为了反映事实真相，我写的东西就像照片一样地真实。这里，我愿引一句我想到过的伏尔泰的话：

我在颤抖，因为我要说的

很像是一个制度。①

　　这大概也是这位最哲学的哲学家的一句格言。

*

　　后来，后来，弗雷德里克·肖邦住在巴黎的夏约街，这条街通过爱莉扎广场往上延伸，在它的左边有一排房子，肖邦的住所在这排房子的第二层，它的窗子面对着一些花园和先贤祠的屋顶，从那里可以看见整个巴黎……只有这个地方所见到的景物和在罗马所看到的有点相似。肖邦的住所里有一个大厅，是它的主要部分，厅里有两个窗子，摆着他那万古流芳的钢琴。这架钢琴显得非常典雅——像衣柜一样也装饰得很漂亮，这是一架新式的钢琴，它很长，有三个角和三条腿——我觉得，很少有人是这么装点自己的住所的。肖邦每天下午五点钟在这个大厅里吃了晚饭后，都要坐车去布隆森林里散步，他回来后，便有人把他抬到楼上，因为他自己上不去。我也和他一起吃过晚饭，然后一起去过布隆森林，而且有许多次了。有一次，我和他还去过博赫丹·扎列茨基②的家，博赫丹住在帕西

---

① 　原文是法语。
② 　尤泽夫·博赫丹·扎列茨基。

街，我们来到这里后，只是站在他的家门前的一条马路上，没有进到他在上面的住所里，因为他家里没有人，没有必要把肖邦抬上去，但随后我们来到了他的屋门前的一个小花园里，看见了诗人幼小的儿子在草地上玩。

这已经是很久以前的事了，后来我一直没有去过肖邦的家，但我知道他的情况，知道他的妹妹也从波兰来了。有一次，我想去看他，走到他的家门口，遇见了他的一个法国女仆，她告诉我说他睡了。我轻声地向前走了一步，在他的家门前留了一张小字条就要走。当我从他屋前的阶梯上往下走了几步，那个女仆赶上来对我说，肖邦知道我来了，他请我进去——一句话，他没有睡，只是不愿意接待我。但我还是进去了，我来到了他睡的那间房里，在他家里的那个大厅的旁边。肖邦对我的来访表示非常感谢，他说很想见到我。我见他已经穿好了衣服，半躺在床上，他的两条腿有点肿胀，但也穿上了鞋袜，这一身打扮我马上就认出来了。他的妹妹坐在他的身旁，从她的侧身看和他出奇地相像。他围着一条披肩靠在一个枕头上，这张大床上的围帐的影子照在他身上，看起来总是那么漂亮。在他这种最平常的生活中，却表现出他已完成了某种伟业，像在希腊文明最辉煌的年代，雅典贵族自认为是宗教的代表，或者一个天才的戏剧表演艺术家在法国的一些古典悲剧中的表演，这些悲剧所表现的文明和古希腊文明本来毫无共同之处，可是像拉谢尔①这样的天才，却能使悲剧中的表演显得那么自然和逼真，看起来真像是一个古希腊的世界。肖邦的一举一动我不管在什么时候见到都是那么令人敬仰。他现在中止了他的谈话，咳了一声嗽，走到我跟前，因为我好久没有见过他了。他对我说了几句笑话，很天真地想要用一些神秘主义的倾向来折磨我，因为这会使他感到高兴，我也让他这样。后来我和他的妹妹说了几句话，但又被他的一阵咳嗽打断。现在要让他保持安静了，因此我握着他的手，和他告别，但他握了我的手后，把额头上的头发甩了一下又说："我要搬出去！"然后又咳起嗽来。我见他这么说，觉得他精神很紧张，有时候好像要反对什么。我在他的肩膀上亲了一下，用一种很不自然的声调对他说，就像对一个性格坚强，很有勇气的人说话那样："你每年都这么搬家……但我看你一切都很顺利，生活得很好嘛！"

肖邦回答说："我告诉你，我要从这里搬到旺多姆广场去……"他的话又被一阵咳嗽打断了。

这是我最后一次和他谈话，不久后，他就搬到旺多姆广场去了，并且在那里去世。

我这次在夏约街见了他后，就再也没有见过他了。

---

① 　菲莉克斯·拉谢尔（1821—1858），伟大的法国悲剧女演员。

*

在肖邦去世以前，有一次，我来到了爱莉扎广场旁边的蓬蒂厄街，走到一栋房子的门口，看门的很客气地对我说，有个人有好几次来这里问他，儒勒先生[1]好吗？在这栋房子最上面一层有一间房，房里的家具很俭朴，它的窗子面对着一个大的空间，从上面往外看什么都非常清楚，尤其是太阳落山时呈红色，它的光线照在窗玻璃上很漂亮。窗子前面的走廊里有几盆花，由于房主人的娇惯而胆大妄为的麻雀常常飞到这里来叽叽喳喳地叫着。这间房的隔壁还有一间小一点的房子，是卧室。

大概是下午五点左右，我在这里见到了尤利乌斯·斯沃瓦茨基[2]，这是我在最后一次见他的前一次。当时他正好吃完午饭，有汤，还有烤鸡。他坐在房中间的一张小圆桌旁，穿了一件很新的长大衣，头戴一顶褪了色的红帽子，看起来把它戴上和取下都很方便。我们谈了罗马，因为我是不久以前从那里来到巴黎的。我们还谈了一些我们认识的人和朋友，谈到了我的弟弟，尤利乌斯·斯沃瓦茨基很喜欢他，谈到了

---

[1]　原文是法语。

[2]　尤利乌斯·斯沃瓦茨基（1809—1849），波兰诗人、戏剧家，与密茨凯维奇、克拉辛斯基同为浪漫主义时期的代表作家（诺尔维德则被归入浪漫主义后期）。

《非神曲》，尤利乌斯对这部作品评价很高，谈到了《黎明之前》，他认为这部作品反映了美好的童年，[①] 谈到了艺术，说它变成了机械，也谈到了肖邦（他当时还在世），尤利乌斯一边咳嗽一边对我说："几个月前我见到过这个要死的人。"可实际上，他比弗雷德里克·肖邦更早地离开了这个看得见的世界。[②]

尤利乌斯要我来看的这间小房，我说它"如果不是它有一边的房角不直，不是正方形的话，那么它由一个人来住确实是很不错的"。后来有一天，我又来到了这间房里，尤利乌斯当时站在壁炉边，抽着一根长长的烟袋，就像波兰农村抽的烟袋一样。还有一位法国画家坐在一张长沙发上（后来尤利乌斯把他当作自己的遗嘱的见证人），但他没有说话，只是坐着，保持了一种不太自然的沉默不语的状态。在壁炉上挂着尤利乌斯的铜制的纪念章，它是奥列什钦斯基[③] 最漂亮的手工制品之一。

我们谈到了法国，谈到了革命，谈到了罗马发生的一些事，他用一种自然的、富于色彩的语言说话，有时又突然用一些成语，好像是脱离了生活，但这是一种哲学的省略符号，有深层的含意，使我们想起马尔切夫斯基的《玛丽

---

① 这两部都是齐格蒙特·克拉辛斯基（1812—1859）的作品。
② 斯沃瓦茨基死于1849年4月3日，肖邦死于同年10月17日。
③ 弗瓦迪斯瓦夫·奥列什钦斯基（1808—1866），波兰雕塑家。

亚》①。所有一切都和他的一双目光如炬的黑眼睛，他的东方人的额头，他的带有两个壮实的鼻孔的鹰鼻有密切的联系。我们谈到最后时，他对我说："我的胸口、胸口不舒服，叫我吃一些糖，可以缓解一下咳嗽，但这又伤了我的胃。你下个礼拜、再下个礼拜再来吧！我觉得，我不久就要离开这个世界了。"他把这一切都对我讲得很清楚，一边玩着他的那根烟袋，它在他的手上便慢慢地摆动起来，就像墙上的挂钟的钟摆一样。过了一个礼拜，我又去了斯沃瓦茨基的家里，我在他家门口又遇见了一个人（可能是他的一个学生），他正要离开，因为已经晚了，便对我说："你最好明天去找尤利乌斯，因为今天正好是我从他家里出来，他感觉不好。"我问他："尤利乌斯现在怎么样？"他回答说："不知道，我只能告诉你这些。照尤利乌斯的话说，他很怀疑自己的健康状况，他今天想要得到圣米迦勒天使的照顾和帮助，盼着一个时候能够给他增添一点力量。"我听了这些话并不感到奇怪，因为我知道，斯沃瓦茨基很虔诚，便决定把我对他的访问推迟到另外一天。

这个另外一天就在下个礼拜，可是一大早当我进到他房里后，见到的却是尤利乌斯冷冰冰的尸体，因为在头一天晚上，给他举行了宗教仪式（在他临终时，给他读了他母亲

---

① 安东尼·马尔切夫斯基（1793—1826），波兰诗人，《玛丽亚》是一部长篇叙事诗。

给他的信），他是在睡梦中死的，到那个看不见的世界里去了。像斯沃瓦茨基这样的漂亮的死者面孔是少见的，他侧身躺在那幅黑颜色但是褪了色的地毯上，这好像是代表了波兰的历史，床的摆放不是靠着墙壁。一些鸟飞到那些没有精心护养的花盆上，人们都在忙于他的葬礼，关于这个葬礼有不同的介绍。我在葬礼上见到了两个女人，其中一个流下了感伤的眼泪，很多天后，我回想起这件事，感到很高兴，我访问过许多在巴黎游玩的波兰人，其中有许多波兰女人也在巴黎，她们都是那么优秀，那么不平凡……还有尤利乌斯的一些画，是他在埃及画的，画的是大自然，他的风景画画得特别好。我把这些纪念品分成了两部分：一部分放在从国内带来的一个人的相册里；另一部分我自己留下，要验证一下他在《贝尼约夫斯基》①中说的一句话，即"如果有人把你的右手的手套悬挂在一个博物馆中，那么就会有人抱怨你怎么把左手的手套丢了"。尤利乌斯这种漂亮的讽刺并不厉害，在他死后回想起来也不感到刺激，但它就像腓力·马其顿在他睡觉醒来后不断发出的命令那样：

> 国王啊！太阳已经升起，这一天你要记住，你也
> 不会长生不老。

---

① 斯沃瓦茨基的长篇叙事诗。

*

　　我现在想到的完全是另外一件事，我想到了一个人，他很有名，也很有才能，事业上有成就，遭受过痛苦，但是我不知道他的名字，他是哪个民族也不清楚。我要说的是，我想到的也是一个要死的人，我不认识他，我的想法很自然，没有错，而且我也很自由，我一开始就说过：什么是批评和批评家，什么是一本书的风格。我坚持也期盼着书中的内容是可信的、经得起检验的。

　　上面提到的这个人①死去的几年之后，我既没有在巴黎，没有在法国，没有在伦敦，没有在英国，没有在欧洲，也没有在美国。我在船上，在大西洋的第一条航线上，在它的周围有一些由白色的石灰岩形成的岛屿，岛与岛之间隔着一堵又一堵的墙。有一个礼拜天，太阳当空照，没有云彩，下面是深红色的巨浪，但到处都是静悄悄的，船上的桅杆没有摇摆，绳索都随随便便地吊着也没有动。我也没有见到船里旅客的登记簿，但所有的人都来到了船的甲板上，要观赏那美丽的太阳。我坐在那根巨大的桅杆下面的一条板凳上，还有一个我新认识的年轻人坐在我的旁边，他是一个以色列人，很聪明，我和他经常聊天。如果没有风，船就无法行

---

① 　　指斯沃瓦茨基。

驶，但它如果一直往前走，又不知道以后会怎么样。

　　我坐在这里的时候，只见那掀起了浪花的无边的海面就在我的眼前，还有一个女人的连衣裙也在我们的眼前闪动。我的旁边还有一个旅客用法语对我说："你看，你是一个艺术家。一个好漂亮的女人走过来了，她给在这个漫长的旅途中带来的一只可怜的狗拿来了一碗牛奶。在大白天，大家都为这样的好天气，又是礼拜天感到高兴，可是这只可怜的狗崽子却不知道它在什么地方，也不知道它这样的无家可归的日子还有多久。"我并没照这个旅伴说的那样，去看那个女人，我回答他说："你虽然这么说，可你想的是别的事情，我不会去找她。最漂亮的女人我也不会去打听，不会去看她，也不会去猜想是否有人在看着她。我下次会注意到她的，下次去看她怎么样吧！"我把这些话又重复了一遍，因为我要转移话题，可是那个女人真是出奇地漂亮（好像是爱尔兰人），当她走过来时，透过凸透镜，她的全身都可以看得很清楚。今天我们知道，一个人即便不是有意去看什么东西，他对周围也会无意识地左顾右盼。太阳落水了，风也停了，当月亮升起的时候，我在那狭小和拥挤的船舱里已经睡下了。只有一个巡警在这艘有三根桅杆的船的一个台架子上走来走去。还有一些提着灯笼在甲板上奔跑，可以听到有人在叫喊。一个大个子黑人是船上最主要的仆役，他在阶梯上走来走去，正在寻找船上的大夫……第二天清晨，船上就特别热闹了，我起床后，来到了甲板上。那个年轻漂亮的女人我本来要再一次去造访她，可她昨天晚上却突然死了。在这种情况下，一般是要用那蓝宝石色带有白色的星星的帆布去遮盖那个尸体停放的地方，因此在东升的阳光的照耀下，在甲板的中间，便出现了一个蓝色的斑块。

在这里我想到了，我的这首诗的创作的手法是不是来自于生活，今天，对那些厚颜无耻的读者就应当揭示那些被人遗忘的东西，并且指出这是一些什么东西。这样的小说读起来就像吸印度大麻那样，会使人产生一种快感和想要获得这种快感的幻觉。

后来，我回到欧洲后，知道亚当·密茨凯维奇住在巴士底广场的周边的军火库图书馆的大楼里，有个图书管理员也住在那里。这个地方是伟大的拿破仑（今天法国的皇帝）的朝廷中的一个人告诉他的，这给密茨凯维奇留下了圣洁的和永远也忘不掉的记忆。他所住的这个地方不大，就是用作为一笔资金，要维持诗人这个有许多成员的家庭的生活来说，也是不够的，但后来好像情况好了一些。从他的日记中可以看到，作为法兰西高等学校教授的亚当·密茨凯维奇 [1] 和其他少数一些人曾拒绝宣誓效忠于法国皇帝，但在拿破仑后来统治的几个月中，这个图书管理员用贺拉斯的语言给皇帝写了一首颂歌，它的形式并不完美，他把这首颂歌送给了把这

――――――

① 1840至1847年，密茨凯维奇应法国当局邀请，担任法兰西大学斯拉夫文学讲座教授。

个住地分配给密茨凯维奇的管理机关。

因此，在他代表这个图书馆要去东方完成他的使命①前的不久，我去了他在军火库图书馆大楼的家里。这栋大楼有许多走廊和石台阶，里面很暗。那一天是礼拜天，因为我记得，我是做了弥撒到他的家里去的，我还带来了一本书。我这次访问他比任何时候都更真心诚意，这是因为我和他越来越亲近了。他让我想起了我在美国的经历，当我去了美国后，他还对一个人说过："他②好像到拉谢兹神父③那里去了。"我知道这话是什么意思，我感到高兴的是，有人在欧洲还提到了我，因此我很高兴地来这里拜访了他，他也很高兴地看着我，紧握着我的手，我和他谈话一直谈到了太阳落山，因为我记得，我想要走的时候，他家的窗子被太阳晒红了。他住的房间虽小，但房里的壁炉烧得很好，他用一根棍子一次又一次地拨弄着炉子里的煤火，想让它烧得更旺。

亚当穿的是一件破了的皮袄，外面还披着一件灰色的呢大衣，在巴黎什么地方能够得到这种颜色、式样和老态龙钟的大衣？这个问题问得很有意思，因为这好像是那些距离华沙很远的外省拥有一小块地产的贵族穿的一种大衣。此外，在房间里还挂着一幅圣米迦勒天使的画像，这也许是照罗马

① 1855年9月，密茨凯维奇以科学和文学考察的名义离开法国到土耳其，这其实是一次政治任务，目的为了建立新的波兰军团，参加克里米亚战争；他在11月骤然去世。
② 指诺尔维德。
③ 原文是法语。

的卡普秦修会①的画家的原始画像或者现保存在卢浮宫的拉斐尔的画像临摹的，这个我记不清了。此外还有维尔诺的奥斯特罗布姆教堂中的圣母像②和多米尼金画的圣哲罗姆③举行圣餐仪式的画像，还有拿破仑一世在他获将军的军衔之前的一张小画像。在这张画像下面有一个男法官的银版摄影的照片，他穿了一件礼服，扣上了扣子，站在那里，就像法国的残疾人样。当时正是最后一次战争的开始。在写字台上有两只好像是用石膏雕制的熊，这在密茨凯维奇的家里不是不久前才有的。

这一次去拜访亚当·密茨凯维奇是在他的夫人去世以前，她去世和埋葬后过了两个礼拜，我又去过他的家里，那天大概是在上午十点，我在他家的门口遇见了他，他正要出来，看到我推开了他家的门，要进去，便转身又回到了家里。我和他谈了一个半小时，然后我们一起走了出来，因为他本来在这之前就要到什么地方去的。他对我谈了他妻子的死，谈得很详细，而且心平气和，可他后来的语调就有点变了，他说他原来不知道妻子已经死去的真实情况，所以当他知道后，感到十分害怕，他不仅对这感到害怕，而且他一听到有人说死就感到害怕。后来我们走到了两条街的一个岔口

---

① 又名嘉布遣小兄弟会，是天主教方济各会的分支。
② 此圣母像是波兰天主教的象征。
③ 哲罗姆（约342—420），古代基督教会的圣经学者、神父、隐修士。

上，我要走的道和他不一样，于是他握着我的手，大声地说："祝你健康！"①其实我以前和他有过许多次的分手告别，可他从来没有像今天这样用法语和这种说话声调来和我告了别。我沿着这条街朝前走去，几乎走到了它的尽头，当我走上家门前的阶梯来到自己的家里时，我好像又听见了这一声"祝你健康！"。

亚当后来到东方去了，我再也见不到他，当然也不可能和他再一次告别了，因此这句"祝你健康！"也就成了我听到他说的最后一句告别的话。如果我要把话说得更明白一点，那就是亚当先生已经死了，他不仅是说了这句话，而且也使我记住了这句话。

……

贵妇塔②街旁边的一座小山上有一栋房子，街旁边的一座小山上有一栋房子，它的阶梯和房屋本身的一部分建筑材料用的是佛罗伦萨14世纪用过的釉陶瓷，一看就知道这是一个严肃的艺术家的住宅。我不久前到过那里，并且到了它的最上面的一层的德拉罗什③先生的画室里，这个大画家给

---

① 　原文是法语，下同。
② 　原文是意大利语。
③ 　保罗·德拉罗什（1797—1859），法国学院派画家。

我看了他最近完成的一幅画。这张画画在一株树上，有大半张纸那么大。在耶路撒冷小街里闲逛比从一个窗子缝隙往外看会有更多的感觉。画上画的那个人被称为大师、犹太教牧师、救世主、国王、预言家和给人们带来健康的医生，他就是基督、上帝的儿子，由士兵把他从法庭里带到了髑髅地。还有一幅画的是圣彼得站在一个窗子的近旁，他突然站起来，像要寻找一把军刀。此外还有圣约翰，他把两只手贴在自己的胸上，还要一个使徒保持安静，对他表示亲密，但他一直望着窗口。

这一组画都放在靠窗子的墙边，但有的只有一些片断，就像《斯塔巴特圣母》①的片断一样。

还有一张画的是圣母跪在祭台前，在这个教堂里正在举行最神圣的宗教仪式。还有一群圣洁的女人在一个地下经堂似的建筑物里的身影。一张耶稣受难的画像，但画中很明显没有救世主，只画了一些望着救世主受难的人的面部表情的一系列变化。

我看着这张小画，觉得艺术家在这个世上是很快乐的。他（他就是过去的阿内·希菲尔）叫我看他的画，只要我喜欢，我对艺术家们总是非常敬仰，这不用说了。但我长期以来，一直想要说一些真心话，这里最后说一点我的看法，我认为他的画没有展示物体的全貌，大概应当是这样画吧！他

---

① 古罗马基督教的一首赞美诗。

回答我说："有三幅画我是这么画的，是为了创作一部三部曲。"然后他又给我看了一张梯也尔[1]的肖像画，画得很好。他还指着另一张小画对我说，是想要和我告别的样子（因为有人来了）："是的，要有三张这样的小画才能成为一套。"他领着我往门那边走了几步，又重复地说了两句，"等其他两张画好了，就给先生看，给你看。"这是他着重要说明的，因为他从来没有展出过自己的画，而且有些时候他没有给任何人看过自己的作品，此后我就再也没有见过德拉罗什先生了。他的死，使他再也没有可能完成一幅关于达·芬奇的画。

我后来知道，伟大的艺术家的另外两张小画在他死前并没有画完，也可能只画了个轮廓……[2]

*

这就是我在这里要说的称为黑花的一些事情，这里有证人的签名，他们不会画一个不成形的十字架，就签了自己的名字。在以后的文学中，我也许还能看到那些想要看到一些小故事的读者对这样的作品并不感到奇怪。因为有些小说、

---

[1] 阿道夫·梯也尔（1797—1877），法国政治家、历史学家，因镇压巴黎公社而知名。
[2] 其中一张就叫《列奥纳多·达·芬奇》。

抒情诗、戏剧和悲剧不是写出来的，也不带有文学的性质，对于这种作品的出现，我们的文学家恐怕做梦也没有想过，但这有必要对它们表示认可吗？

1856

沉 默

（选章）

绪论

对一个睡着了的人可以很有礼貌地把他叫醒吗？好像是不行。因为若是有一片玫瑰花树最轻的叶子掉到了他的脸上，把他惊醒了，或者以更体面和更加富于诗意的办法把他唤醒，也是不礼貌的，因为这会打断他梦中的思维。这种打断不是缓慢的，而是突然的，会使他马上进入到现实中，进入到和他的梦境完全不同的现实中。要使一个人从一个理所当然的存在变成另外一个理所当然的存在，对他讲礼貌是不行的，必须采取粗暴的办法，在这种情况下，首先就会产生一种互相排斥的倾向，在这种倾向中会产生新的思想，会有新的发明，讲礼貌不能促使一种新的更加合理的现实的产生。

当然，社会上有很多人为了说明将要发生的一些事件，为了永远得到休息，总是力图证实和让大家都知道他们的一种看法，即任何新的事物单凭想象是不行的，也不可能产生，所有为了新的发现的思考都是徒劳的。

这里要指出的是，我们可以从表面上证实这一点，因为这个世界上大部分的事物都可以相互融合，或者互不干涉，和睦相处，在这种融合中可以回过头来看到这些事物最初是怎么出现的，这里表面上好像看不到任何新的东西。但如果说这里没有任何新的东西，或者说完全不能脱离那种融合的趋势，那也是完全不对的。

我已经许多次地听够了一些人对这个看法表示怀疑。有一次，我奉命参加了一个代表团去拜访一个建立了功勋的人。他的同事们要授予他功勋卓著的奖章。我要去参加他的受勋的典礼，对这件事我本来很重视，但我没有想到这次拜访却没有见到任何动人的场面，因为他虽然的确建立了功勋，但他的态度却显得过于朴实和诚恳。

在这个典礼上，他因为受到人们的赞赏和高度的评价，他接过了授予他的奖章后，便小心地把它收藏起来。我这时在他的脸上突然看见了一道表示微笑的光彩，这种微笑又好像包含某种深刻的含义。它是那么显而易见，令人惊奇，以至我在很久以后还能想起这个人当时心里是怎么想的。我在这次参加代表团去拜访了他后，很长时期对这个大人物都表示过信赖。在一些场合，我总是要问一下，我对他的这种印象是怎么产生的。

他对我也说过，这件事很简单。可我却有生以来第一次看着他的额头和嘴巴，也从侧面看着我自己的鼻子。我对他说：如果没有你的奖章，我可能就像许多人那样，会要躺在坟墓里了，连自己的鼻子都没有看清，但我却从各个方面仔细地参观过金字塔。我想的是，人们一定要拿出一些能够代表人类的新的东西。我这么想，就是为了给人类展示我的鼻子。但非常遗憾，我不得不对他说：正是这个，你没有对我们说，而且你以前也承认，这样的事你不会说。

*

精神的境界和理所当然的境界都具有一定的深度和广度，它们都以表示沉默的方式说明了一点，即对社会不用表示一个明确的态度。可是在每一个时期，在每一个世纪，人类为了自身的发展，都只能表示这种态度吗？在整个希腊哲学的英雄时代，一直到亚里士多德（也没有人对这个智者有过什么提示），谁都不懂得这种在竞技场中的相对的明确性是什么，对谁来说它已经够了。可以在大街上随便问一个人，什么是灵魂，灵魂是不死的吗？什么是生命，什么是生活？一个哲学家对这是怎么看的？这个被问的人就会直截了当地回答："我只知道什么什么的，有关哲学的东西，我一概不知，但我只知道哲学的目的是要使人有道德，为人谋福祉。"

古时候的人根本不懂得什么是微笑，微笑是我们的发现，这种发现肯定给我们带来很大的荣誉。古人也不懂得微笑是思想迟钝和心理产生了怀疑的表现，今天的智者正是用这个对那些头脑简单的人，那些新派的人或者越来越少了的人提出的问题作了回答。正直的第欧根尼感到第二个时代已经临近，他在柏拉图学园的图书馆中看见了那些在这里工作劳累过度的老人，便问："这都是些什么人？"有人回答说："他们在寻找真理，可是他们什么时候才有时间，使一切都按照真理的标准付诸实践呢？"这些了不起的话是那么清新和响亮，就像是昨天说出来的，但是在我们今天的社会，既没有对它们表示微笑，也没有对它们发出禁令，说"这样的话现在不能说……"因为这么大的一件事现在做不了，我们的知识（属于亚里士多德的知识范围）是用于做别的事的，那么做什么事呢？这个也没有说。

总之一句话，有了智慧，就应当不断地吸取所有的人由于学会了某些本领而增长的知识，到那个时候，它就能够使它所追求的真理得以实现。这当然是很好的，但是单有智慧有时候却不足以使真理得以实现，这好像也证明了第欧根尼的指责是对的。另一方面，我们也注意到，要把学会什么本领加以分类也是很难的，可能有许多新的行业的专长，它们的更新和发展是我们难以预料的。

特别是在我们今天看来，所有古希腊的智者中，只有第欧根尼一个人的言论是关系到社会的，我们可以称他为哲学中的哈姆莱特，如果不是柏拉图也具有类似他这样的思想观点，就可以称他为"发了疯的苏格拉底"。但如果认为第欧根尼的议论只不过是他一时的即兴发挥，是一种没有任何倾向的幽默，那就大错而特错了。我们至今对他的思想观点也没有一个全面的了解。特别是他自己也说："我对什么都有些夸大，这就让人们来到我这里，认为对我没有必要有更多的了解，只知道一点点就够了。"一个哲学家如果只有这样的头脑，他就不是一个天才的幽默家。

但对第欧根尼这颗伟大的行星价值的评价，从它那充满了像彩虹一样闪光的幽默来看，还是很不够的。我把这种到这个智者发展到了最后阶段的哲学称为英雄的哲学。在我看来，它并不是在泰勒斯那个时候就开始有了，而是产生于埃斯库罗斯的戏剧中。埃斯库罗斯的戏剧倾向于表现传统的智慧，以艺术形象来表达思想，他后来的作品所表现的戏剧性和他开始时的表现相比并没有减弱，它是以一种柏拉图的对话的形式表现出来的。它虽受到索福克勒斯几乎是技术艺术的高度评价，并为之惊叹，但它不属于古希腊哲学和思想发展的范畴，而属于艺术史。柏拉图的对话是普通人的对话，是雅典街上他所遇到的人的对话，是那些寻找上帝、真理和最普通的也不是永远不变的生活环境中所表现的品德的人们的对话。是埃斯库罗斯的那些奥林匹斯山众神的对话直接传下来的最后一次对话。只是在埃斯库罗斯的对话中，还没有接触到人的事务和思想，但它所表现的圣洁和睿智却对人的思想表示了轻蔑。

我个人的这个观点也可能找不到知音，但它却打消了一种学派的概念，这种概念即便有也是错误的，因为在我们这个时代，并没有什么学派，如果说以后有一个称为学派的东西，那也只是一种普遍的和一般性的存在。学派更多的是说它产生于某个地方，而不是它的本身，有时候，它是有名无实的。

由于时间的飞逝，我们终于感受到了这种特殊的完美（如索福克勒斯的悲剧的完美），但这种完美也不说明索福克勒斯之前的悲剧，或者说最早出现的悲剧艺术就要低一等，因为那些最初出现的悲剧也是很完美的，它已经获得了它那个时代的信仰的认可，反映了那个时代的知识水平。

如果能使一些事物的关系更加亲近，就像早期的悲剧作家做的那样，或者像亚里士多德们那样，形成一个体系，是不是能显示更多的光彩，带来更多的好处？

这是一个伦理学的问题，很重要，也涉及那个正直的第欧根尼对那些在柏拉图学园里努力工作的人们表示的关爱，他见到他们在寻找真理，便理所当然地大声问道："他们什么时候能够将他们发现的真理的要求得到实现？"

不管怎样，一个人总是在衷心地期盼着那种完美的出现，因为它会向我们展示进步和更加美好的境界。但是这种完美也需要不断地创新和充实（不断地充实，没有止境），而这个人在期盼中也可以积极参与到这些每天都有的戏剧的表演中去，他对这是负有使命和职责的。在这种情况下，他是不是对这些每天发生的事或者人类最初的劳动状况和他们的期盼也能多少有一些了解，即便是并不重要的了解？因为了解每天发生的事对他是有好处的，而了解人类最初的劳动状况对他来说就好像是一种恩赐。这两种了解都是必要的和合情合理的，不能间断，它们之间也互为条件。

在这样的了解中获得的知识整个人类都可以享用，但不要对它们表示，说这些东西虽然有所了解但过去都没有说清楚，或者对它们表示了沉默不语，或者说没有进一步地把那些值得怀疑的问题搞清楚。

其实这种被认为没有说清楚，或者表示了沉默，或者对某些问题没有进行深入的探讨是有意这么做的，它表明了这里深藏着一个秘密：对一些事物的表现和它们的发展趋势不要很明确地说出来。

那么这么做是不是要坚持真理？是不是要对真理进行检验或者对它有所表示？但不管怎样，这么做是有好处的，它既可以阐明正确的事物，也可以指出一些错误的东西。这种做法为什么和在什么地方能够得到更新和补充，从而代替过去的做法？或者说它是不是已经在发挥作用？我认为不是这样，因为要形成一个体系就要有一个完整的概念，它的内部因素处于融和的状态，能够表现出一种既面面俱到，而又有适度和突出的亮点的思想观点。这就是它要具备的一切。

如果说到亲近，我以为，这是人的精神状态所表现的一个最突出的特点，我不知道我们的这种亲近是以什么形式表现出来的？因为我们的每一种感觉和每一个思考虽然都清楚地表现了我们的思想观点，但这一切都是我们在脑子不清醒的状态中表现出来的。还有我们不管做什么，都是从亲近开始，然后对它进行增补，使它更加亲近。在这个旋转得比我们的脉搏还快的行星上，我们也一直处于这种状态。可以说，亲近不是我们一时的需要，而是由我们生存的条件所决定的。这种亲近能使两大智慧的宝石，即明白事理和属于人的本性的不明白事理结合在一起，这才是一个完整的人。而我们很自然，对这些很突出的现实问题，至少是不会表示沉默。

*

我的一个同事在欧洲一个最美丽的首都住了几年，他要走了。在出发前一切都准备好后，他对我说："现在我有一点空余的时间，希望你明天适当的时候在中心图书馆大楼前的一个小公园里等我。可是我在这个图书馆的一个阅览室里还要见一个人，把一些他要的纸张当面交给他，然后我们还要一起参观这个图书馆，再从阅览室里跑出来，不这样我是离不开的。"

他的这些完全是自然而然地说出来的话，每一个在场的人，所有社会中的人是不是都能听到一点？一个多年保持沉默的毕达哥拉斯派是不是也听到了？我认为，他的这些话会造成不同的气氛，而且也是尖锐的讽刺，说明我们的知识进一步说是文明出现了差错，是很不幸的。

这些话所造成的直接和合符逻辑的后果是，我的这个同事让我失望了，因为他来迟了。我在一株黄杨树的使我感到舒适的阴影下等他，看着一个长着金黄色头发的小孩在玩着一些他从沙土里一直在努力挖出来的石头。

在我等到的这个人来了后，所花的时间够我们围着图书馆大楼转一圈，欣赏它的建筑艺术的优点了。有人说，既然我们要参观那些非常宽阔而且还会变得更宽的城墙，我们就要对古代文献有所了解，这里我指的是几本梵文和波斯文写的书①，几十本古希腊、古罗马和唯一的一本希伯来文的书……

但若要读很多书，就会像一个中国的大官那样，为了他的最后一次应考②，他读了那么多书，把自己的眼睛都弄坏了。

今天，如果在某个地方有九百种周期性的刊物出版，那么也会有九百种日报，发表同样有这么多的小说和特写，这样每年就会有九百部小说面市，几乎每天都可以见到三部小说了，这还只是在欧洲的一个国家，在一个首都。

但应指出的是，这里却只有一部小说，只有一部小说令人感兴趣，值得一读。这部小说说到了所有的东西，它虽然篇幅不大，像一本小册子，但所有的人对它都会感兴趣，一定要读，可以不读别的东西，也一定要读它，只有这样，才是个人。

如果一个人不顾个人的颜面和自尊，把他的这些东西都扔到垃圾堆里，又在好不容易才买来的一根蜡烛的昏暗的光照下，读一些偶然到手的印出来的东西，这些东西会使他感

---

① 　一般认为指《阿维斯陀注释本》。
② 　此处有误。中国不同朝代的科举制度虽有变迁，但都是考取了才能做官，做官了就不用再考。

兴趣，他看得很清楚。这个幸运儿因为对这些东西的宠爱，他能够自由地发挥想象。一张破损了的纸，只因为印了一些东西，就会照亮他的眼和心，增长他的智慧。

中国的刑法规定，刽子手要从满满一筐行刑的刀具中进行挑选，他选中的那把刀上往往写了耳朵、鼻子、眼睛、心这些字，他是根据它们的提示，去将被判了刑的人的这些器官浸泡在他的血中。这个不幸的人这时也会产生一种想法，并且带着这个毫无目的并且也不是真心诚意的想法到处游荡，他一定会见到比他所要遭受的这种血腥的手段要大得多的流血和伤痛。

在我们对于事物整体的理解中，是有错误的，表面上看，有的事物的真相在我们的理解中，好像被歪曲了，对这种情况的出现，我们也不可能真心诚意和直截了当地提出什么问题，但是这种情况一般是在一个被错误理解了的环境中出现的。知识的运用最终要看它能否实实在在地取得某种成果，运用知识是为了增长知识，这是我们对事物最正确的认识。但是人们却不是这样，他们对事物的研究往往把它当成儿戏，这是他们最感兴趣的。他们的这种研究虽然不会有什么成果，但能使他们最终了解到现实的真实情况，增长他们的智慧和知识，而又给他们带来了愉悦（特别是他们没有别的兴趣的时候），而且这种愉悦是永远有的，这就是这个不断地出生、成长和迈步前进的人类采用的唯一的思想方法。

一个人总是想要知道他在什么地方和为什么要进行思

考。这是因为如果他不知道，他不可能全身心地去进行思考。但如果有人对一个社会上的智者这么说："大人，一个人能够什么都知道吗？"那是很不礼貌的。

他是不是希望他的每一项特长的运用都能够开花结果，使他获得皇冠和花环？在这种情况下，是不是要让他把他日常生活中的那些陈规陋习和迷信都表现出来，用这些东西的拥有来显示他的目空一切？大人，你说说看……

这种提问当然是不礼貌的，其实在我这篇《沉默》的绪论，也就是现在所说的这一部分中，就已经充分地说明，要把一个睡了的人叫醒，是多么不礼貌。

作为一个学者的亚里士多德曾经提出一个许多哲学家们要表达的教条主义的观点，认为哲学的目的就是要使一个人的道德完美，他在这里还提出了两个条件，就是这个人要长得漂亮，要有财产。正因为这样，我们在新的时期，还要对这位先知进行教育。

这里要问一位对什么态度都很积极的将军，他是一个很有经验的船长，也是一个很有办事能力的政府官员。他们采取的一些主要的和坚决果敢的行动是不是按照一种几乎是①非常迅速而又具有系统性的连续活动的方式？

你在街角上如果见到了一张写了这样字句的纸条："你们要去读这个和那个！"这会促使你去阅读，但不会引起你的

---

① 　原文是法语。

兴趣。你可以用手指着那道命令，它像是一张很大的画，一个紧握着的拳头："你们去读吧！这是或者那是一部新的浪漫史！"对于这些问题，我们都已经准备好了，要作出回答。对那些善于阅读的人，我们也以这篇论文对他们作出了回答。

第二部分，主要的部分，也是合符语法，具有哲学和评论性质的一部分，希望语法家们能对欧洲和美国的语言学家以及所有有知识的人解释一下，为什么有一些说出来的话在所有的语言中，都无法验证它们遵循的是什么样的语法规律？

这个我也不清楚，但我知道，而且我也这么说，这些话在我们至今所知道的各种语言的语法中，都验证不了它们符合什么语法规律，是因为它们根本不合我们至今所知道的各种语言的语法规律。这些话中也不只一个语句值得怀疑，因为它们都有一种、两种、三种甚至四种以上的意思。

其中有的是在话中表示了沉默。孟德斯鸠认为，有时候，沉默远比说出来能够表达更多的意思，但他并没有说出什么大家不知道的东西。如果有证据表明他说的沉默能比说出来表达更多的意思，那它也是属于这个说话的一部分，这已经有点勉强了。

表示沉默在讲话中可以具体地运用，它无疑是一种新的表达方式，事实上，语法家们虽然没有感觉到，但是他们并不怀疑这是一种心理作用。此外他们也很快就注意到在一些话语中有感叹词，这些感叹词不合语法的规律，因此也不合句法的规范，因为这种感叹脱离了语句，是单独发出来的，它没有什么规律，往往是突然发出来的。有的人对一个要解决的问题发出两次、三次感叹，但这不仅对它的解决毫无帮助，而且也不会引起人们对于这个的重视。

感叹不仅不能表示一种说法，而且它往往脱离了某种说法，我们甚至在它和某种说法之间没法作出选择。

沉默则不一样，在我看来，它是讲话中最生动的一部分，它在每一句子中都有表现，它也是一个句子连接下一个句子和讲话中的另一个意思的纽带。第二个句子往往就是第一个句子的暗示，第三个句子是第二个句子的暗示，第四个句子也是第三个句子的暗示。

语法家们研究的通常是一种抽象的讲话，其实这种抽象的讲话是不存在的。讲话之所以是讲话，它一定是戏剧性的，难道不是这样吗？自言自语就是跟自己讲话，或者是和一种精神的讲话。

一个讲话中的语句如果不能表示一种沉默，不能有所发挥，那它们就是抽象的和苍白无力的。一个讲话中的语句如果都是这么苍白无力，那么这个讲话就不可能显得生动活泼。

如果你说："你好吗？朋友！"这里的沉默表现在我很久没有遇见你，或者没有见到你，所以你要问："你好吗？朋友！"因为这个沉默表示，下面还可能有别的话，这就是："你好吗？朋友！我好久没有见到你哪，是不是该主动地问你一下？"

下面还有一句："不要把所指的对象讲得很清楚。"这里的沉默是说每一个客体的自身都有一定的亮度，它也能够作一番自我表白。因此"不要把所指的对象讲得很清楚"就是要让这个对象作一番自我表白，让沉默变为表白，在事物的自我表白中，其内涵会变得更加充实。不要把一个讲话所指的客体讲得很清楚，是因为每一个客体的自身都有一定的亮度，它如能自我表白一番，当然能够正确无误地展示它的全部内涵。这就是孟德斯鸠为什么说沉默是一种真正能够表现的力量。既然沉默（像我们在上面所说的那样）和每一个单独的语句以及包含着这些语句的一个讲话的整体结构有这么紧密的联系，那么它当然是很有表现力的。但如果它不是讲话的主要部分，它能够表现什么呢？

*

我们根据语法规律和以逻辑学的观点提出的对于客体的这种看法虽然还论述得不够充分，但也可以用在我的这篇文章里。现在我要结束上面的论述，进一步地以宗教和哲学的观点说明沉默的意义。

*

沉默在毕达哥拉斯那里，是一个哲学概念，这个概念在所有对宗教福音书的解释中都没有提到，但我们对它进行了研究和验证。我们这么做并不是因为它是毕达哥拉斯和他的追随者们的概念，或者说是他们的发明，而是因为我们通过对沉默的研究，对毕达哥拉斯和他的学派的历史有了一些了解。这个概念不是产生于埃及，它最早也不是希腊和毕达哥拉斯的一个概念，它是产生于亚洲的一个最古老的宗教和哲学的理论概念，曾用于实践，毕达哥拉斯流浪到古巴比伦，在那里当了奴隶，才接受了这个概念。

今天，人们对阅读一点不认真，可能有这样一个读者，他见到了一个意大利学派的大师，要求一些刚刚开始学习的学生两年、三年、五年和七年保持沉默。这个读者一时可能没有想到，这位大师对他的那些学生不能像一个军官对待一些入伍不久的俄罗斯或普鲁士士兵那样，采取命令的方式，而是要首先表示愿为他们效力，给他们好处，使他们听到、见到这一切，对它们多少有点感触，产生兴趣，然后他们才会感到这位大师和他们之间的关系十分融洽。也就是说，一个人有了感性认识，才能长时期地保持沉默。我不知道，这个我说清楚了没有。

我想，我还是没有说清楚，对福音书的解释中的这种不好的解释只能把它看成一种次要的东西。在这位大师的结论和他的想法之间有某种超出了教条和纪律管束范围的东西，它表现得更加活跃，它诅咒一个人的智慧，要使它变得毫无用处。这是为什么？我对这个问题认真地研究过，它对我并不陌生，但要把这个重大的问题说清楚，就不能不首先说明我的哲学观点是什么。

我不认为，一个人什么都知道就够了，因为我想的是，一个人总是不断地需要知道更多的事情……怎么回事，比所有的还多吗？一个人要知道（我这么说）每一个季节、每一个昼夜、每一个时刻发生的每一件事。他作为一个社会的人，一定要知道在这么多的情况下，这么多次发生的所有的事情。

不管是随便说说，还是认真地说，寓言都不能证明什么的存在，但尽管这样，它却能说明一个理所当然的道理。一个寓言能够说出这样的道理，所有的寓言加在一起，就能证明一个很重要的事实的存在，我甚至不敢想这是什么，因为这个事实说明了这个世界事物发展的规律和精神发展的规律是很相似的。

被认为不合逻辑的自白往往就成了寓言，它说明了一个事实，即一个人的自白和沉默的表示，能够说明他和别人是疏远还是亲近。在毕达哥拉斯很久以前，自白者们的沉默就有这种表示。在他很久以后，有的人就根本不用口语来表示，他们在适当的时候，做一个很普通的手势，在地上捡一个小石头扔了出去，树叶在风的吹拂下嗖嗖作响，用手指碰一下身边的一个东西。这里可以看到，他们是多么想用这种表示寓意的方式来表达他们心中所想，虽然他们每个人想的都不一样。这种表面上看来很不明确的表达方式和一些事物深藏的秘密正是毕达哥拉斯的荒诞学说的特征。

在对所有方面都进行了批评但同时也闪耀着很大的亮光那个时代，也就是苏格拉底的那个时代，雅典人民处在大家都认为的一阵疾风暴雨中，这一阵暴风雨自以为是地选择了一条最普通的道路，把祖国引向了灭亡……如果说（以历史的观点来说）发动这场在海上和陆地上进攻锡拉库萨[①]和西西里岛的战争是一场自取灭亡的战争，对于这种战争的狂热，人们用温和的语言很少能够把它说清楚，那么真有一个有高超的技艺和头脑清醒的人在进行思考，他就是天文学家和数学家默冬（他对希腊的阴阳历进行了改造，第一个采用了黄金数字[②]），但他在公共场合对这场战争也没有说什么，而一直保持了沉默，他只是举起火把把自己的房子烧了！……任何最有说服力的爱国主义言词都不能用疾风暴雨来很好地形容雅典当时的政局，也说不清楚那场疯狂的战争给雅典人民造成了什么后果。但是很多人都认为这个天文学家是个疯子，这也是很自然的。同样在不久前，把以西结也几乎看成是疯了。不论默冬还是以西结的预言都没有流传到我们今天。

这天晚上，我们在一个狭窄的公园里散步，然后又去了离城郊图书馆很远的地方，我们来到了一片高地上，在它

---

① 意大利地名，在西西里岛上。
② 指用以计算闰月的默冬章，是希腊历和希伯来历的基础。

的宽阔的胸脯下面，跳动着这座巨大的城市的生命的脉搏。那里所有的活动和能量所发出的声音成了一大片喧闹，令人惊异，令人陶醉，就好像人们在不断地说："这些人都和我一样，在世界上有五个、六个，今天……这就是它的整个文明，它所有的价值和力量！"

*

这样大声的喧闹会使人群表现出一个有理智的形象，他们除了一心一意追求个人的利益之外，任何别的东西，任何值得尊重的想法都不知道，他们也没有别的感受。

这个有名的形象包含着也表现了绝大多数在首都引起了那么大的喧闹的人群的意愿。他们的肺和嘴不管说什么话还是变成什么样子，除了表现他们热衷于对利益的追求，不会去做别的事情。

这个喧闹声是不是议会里的议论？是不是哲学上的顿呼①？是不是风流韵事的一种并没有罪过的表现形式？你如果仔细地听、不声不响地听，在那里，除了想要获得利益的热情表白之外，别的什么也没有。一个人的这种追求利益的热望不管在什么情况下都可以表现出来，与此同时，也不管

---

① 一种修辞法，把不在场或虚构的人物、神、抽象物当成在场，并使用第二人称与之对话。

是什么事，什么利益或者什么思想在他的自白中都会要说出来。他对所有的一切的看法，都是以他个人为出发点。

这个形象从不放弃自己的出发点，永远在他自己的这个位置上，他会有一个光鲜的幻想，他幻想的除了和他自己有关的事物外，所有别的一切都不会想到。这种倾向没有也不可能揭示一个绝对的真理，在它的表述中，一个字也没有提到大公无私，没有提到知识和感情。在首都那些大声喧闹的人群中，有很大一部分是用这种声音表现了他们的幻想。我们对于这种声音是很熟悉的。

除以上外，这些人群和这种喧闹还有一种表现，这就是他们对他们所在的那个时代人们最喜爱的时髦的追求，他们一张开嘴就会说出他们对什么的看法，表现他们对别人的感觉，把自己的想法和他们想到的别人的想法联系起来。如果说第一种表现任何时候都不会放弃个人的出发点的话，那么这二种表现根本就没有自己的出发点。

这就是在首都的那种巨大的喧闹中所表现的两种态度。这种喧闹毫无疑问表现了一种文明的力量，它们在文明社会中，都已经登记入册了。没有必要去注意在这种喧闹中，是不是有人说过一句关于绝对真理的话，表现了大公无私和正确的想法的话，那么我们要问，是需要沉默，还是要大声喧闹，造成混乱呢？

*

　　如果人民的文学不是社会思想的总和，不是人的天赋的集中表现，那么它也是一个以自己逐步取得的成就表现人类的成长和走向成熟的过程，它的第一批作品就是喂给孩子的食物，一直到许多年之后，它才成为男人的食品[①]。在最初出现的文学作品中，并没有那种意味深长的颂歌和宣传伦理道德和押了韵的严肃的语句，也没有早先出现的那种宏伟的史诗。

　　就是古代的智者中最明智的孔夫子在他的几乎是官方的文献中，也吸收了最初出现的颂歌和歌曲的营养。在那个时代，人们是要研究儿童玩具的。

　　可以不客气地这么说（因为现代人要的就是这种不客气的明确表示），在文学创作的最初阶段，就是为孩子写书。与此相反的是，表现了崇高和伟大的情感的作品是为了展示理性的事物。

　　这些给孩子们写的书可能写得很幼稚，但这不是孩子的幼稚，而是因为它和神的宗亲关系，继承了神的性格。

　　文学创作的最初阶段，没有散文是最早出现的一个非常重要的现象。一个人进入世界的第一步，他的智慧就表现出他是一个诗人。即便是另外一个富于理智的人，我们通过对

---

① 这里缺失了女性。

历史的最初阶段的研究，也能够证明他是一个诗人。

我们回到上面提到的看法，这就是第一个有智慧的人一定是诗人。但我们感到遗憾的是，对于一些自然现象的产生和发展的过程我们真是一无所知，许多问题也不知道要怎么解决。可我们想到了语法，想到了文学创作的历史，就像语句的结构一样，第一个句子表示沉默，根据逻辑推理，第二个句子就要表达，然后又是沉默和表达，等等。不管是在什么世纪和时代的什么伟大的思想产品中，都要表现这个时代的沉默，它就是下一个世纪的文学中要表达的东西。然后又是沉默和表达。

宙斯不管在什么时候，在什么地方都是第一个在场，也是最后一个和站在中间的一个，他带着燃烧的闪电站立起来，所有的一切都是从他那里来的。他是大地的地基，是明亮的天空的轴心，他是一个君主，他既是一个破坏者，也是一个创造者。

从上面的省略^①可以看到，这表现了整整一个时代的思考，我们要问（照我们的标准），什么是沉默？这就是没有说出来的东西，是不是要到未来的一个时代把它说出来，并且表示对它的看法？很明显，在上面的省略中，如果在整整一个时代，一个人谁也没有提到他，但宙斯从各个方面给予了他一切，如他的工作、战斗、痛苦、经验和不断增强的办

① 　指"沉默"和没有说出来的东西。

317

事的能力。所有这一切虽然不为人知，但在下一个时代，就会成为一个由思想和智慧创造的成果，写在史诗中。

诗神，你就说一说，有一个人是怎么样的吧！在特洛亚圣城被毁后，他迷路了，但他一定会有更多的感受和认识。他遇到过人们、见到过各种风俗习惯和许多民族，他经受了心灵的痛苦，他曾在海上冒险，不是为了自己，而是为了救他的同伴。但他在对这些和他亲近的人的救护中，却没有感到快乐，因为这些人太愚笨，都死了。①

在第一个神话和神奇的省略时代之后，我们看到，史诗是如何在沉默中产生的，这个美丽的史诗（照例）的本身又是如何表现了沉默？那么在第三个时代会有原则性的表达吗？一句话，第三个时代会是一个什么样子？

史诗中的英雄人物踏着他们的奥林匹斯的脚步前进，但他们没有出现在历史题材的散文中，也不代表国家和民族的利益，没有反映政治和经济问题。历史题材的散文沉默不语了，因此便产生了既美丽又丰满的史诗形象，但是这种史诗反映历史内容的水平并没有降低。史诗必然让历史题材的散文沉默不语，照我们的看法，如果说史诗已经形成了一个整体，成为文献，那么在它的时代过去之后，在它的腹中曾经沉默不语的历史著作就要露面了。

神话（神奇的）、史诗和历史，这就是我们在人的思想

---

① 这个人是奥德修斯，这部史诗即《奥德赛》。

的发展和对时代的表述的过程中看到的东西。

历史的发展如果降到自发的水平，那么它还需要论证沉默和下一个时代表达的必然吗？因为有可能秘密地制造阴谋，一直到一百年后人们才知道。历史对这个没有说，一个字也没有提，但是在一些趣闻的报道中，却把它说出来了。

禁欲主义不仅是在许多世纪，而且在生活中每个礼拜和每一天都可以见到，它同样是以沉默的方式表现出来的。

Ⅲ

书　信

致安东尼·扎列茨基

罗马四喷泉街 17号　1845年2月24日

我的正直的安托修！

在元旦那天，我一大早去圣母领报教堂做了弥撒回来，就从卡罗尔·克拉辛斯基的手中得到了你的信。我欠了他很多，现在要回报他了。这之后又过了几天，我就离开了古老的爱特鲁利亚，我在那里曾经住在一栋楼里的第三层，那里还住着三个我最爱的女人。还有三个我常想起的地方，其中一个是多奈，我和你的父亲曾住在那里。另一个是墨第齐教堂，还有但丁之石餐厅。此外还有三样东西。一样是奥林匹克杂技团中狗的戏法表演（扎列茨基先生这么称呼），另一样是扮成动物的假面喜剧，第三样是扮成猴子的书记。

我在狂欢节的最后一天来到了罗马城里，是从希维塔维

---

① 原文是意大利语。
② 安东尼的爱称。
③ 托斯卡纳的古称。
④ 托斯卡纳地区的小城。
⑤ 原文是意大利语。
⑥ 办理文书及缮写工作的人员，原文是法语。

基亚[①]走海上来的，马车从希维塔维基亚出发，要等到朋友们都到齐了，吃午饭也要和朋友们一起吃，戏也要和朋友们一起去看。一句话，这座城市里的一切都按人们的兴趣来安排，因此我要告诉你的是，我们在那里，并不是对什么都很了解。

我是晚上来到罗马的，来了之后，我和卡罗尔在市里逛了一下。后来没多久，我就找到了我的住地，和卡罗尔一起住了几天。但我的胃部神经痉挛，非常难受，为了缓解病情，一般来说，总是要到外面去呼吸新鲜的空气。但这一切已是过去的事了。

现在我没有和卡罗尔住在一起，因为我要找到一个能够习画的地方，离家不远。上帝保佑，我找到了，这地方虽然不大，但是个好地方，它为我节省了时间。我早晨七点钟起来（每天都这样），读书或者写作到八点，然后去那间画室，在那里待到下午四点，有时待到五点，然后穿衣服，去吃午饭。

老实告诉你，我在这里一切都安排得很好，因此我想，能不能继续保持这种方便，这就是我对一切都很满意的感觉。

---

① 罗马的港口。

致玛丽亚·特琳比茨卡

柏林　1845年12月20日

……在我的思想世界的天空上有这么一颗星，它把所有的情感都变成了一团火，不仅见证了我曾多少次地为了我的生存而死去，同时也将照亮我的坟墓。这颗星高高在上，完全脱离了我们这个变幻无常的尘世中的那些瞬息即逝的一切。但是它的光彩是多种多样的，照遍了我们这块土地，然后又形成了许多不可分割的整体。我的所有的情感和它的每一种表现都像株树一样地开花结果了，它们表现为各种形式，都尽力放出了自己的光芒。我并不在乎，我的这些小树会不会令人悲哀地因干旱而枯死，或者被北方的风吹倒。总之，它们经受不了那变幻莫测的死法，如果它们都倒下了，那么它们就是一些有机体的死亡。它们不会像昙花一现那样，顿时放出浓郁的香味，也不会把自己变成一种时尚，像演员戴上了假玫瑰花和纸做的月桂那样。

我们因为被死死地钉在了周围这片充满了虚伪的土地上，感到很难受；但我已有先例，就是与其在沙漠上迷路，像观赏摩根蜃景①一样去观赏一下自己的果园，还不如像嫁接的树枝断了一样地死去。这是一部古老的小说，一位我不认识的女士，我之所以提到她，是因为我作为一个战士，想起了我在最后遇到那些危险的时候，不像那些非常聪明机智和只是想要保全自己的人那样，逃离这种危险，我坚持了下来，我没有死。其实，我这个人并不实际，我也不愿很明显地表露我的感情。有时候我想我是在耗费我的生命，我没有利用它，但这也很好，我就是这样活过来的。上帝啊！我不愿让人知道我心底想的是什么，我就是这么认为的。

见到了海市蜃楼

---

① 地中海、墨西那海峡等地的蜃景，转意为幻象、假象。

致玛丽亚·特琳比茨卡

罗马　1847年6月17日

　　我在罗马已经待了几个月了，没有给您写一点东西，我给谁都没有写。如果我没有说错的话，这是很不好的。可您会以为这很好嘛！因为您是那么善良，不会耿耿于怀自己朋友的过错，而且您也确信，他们对自己的过错是不会忘记的……

　　也许您会要问起我的工作怎么样了？这很有意思。我现在的处境并不是最好的，我也曾使另外几个人感到无聊，我的血液循环不好也不是我心痛的唯一原因。正如有一条蛇吸尽了鸟在巢中留下的鸟蛋的蛋汁而留下的蛋壳一样，一些人战胜了他们的激情，他们留下的蛋壳是孵不出鹰的。

　　责任是一个神圣的东西，我说它是一个东西，因为它是一种形式，但责任如果没有爱，它也只是一种神圣的形式主义了。

　　谁如果什么也不爱，但他懂得爱上帝的话，他一定会坚持一个观点，即宗教对什么都不关心。他如果除了上帝，对别的都采取鄙视的态度，那他实际上也看不起他自己。

　　我在这里得到的经验，也许会指引我走很长一段路。我真心地对您说，我在我遇到的一道鸿沟前已经停留了很久，它是我生活中曾不断遇到的一种特殊的情况，面对这种情况，我只能这样。如果再遇到这样的鸿沟要跨越它的话，就一定要保持一个哲学家的冷静的头脑（我乐于这样）。我这么说虽然没有夸张，但是对一个爱古希腊艺术和严肃的画像的朋友这么说，就不应该了。现在，对不起，我要讲女人的事了，你们今天的情况怎么样？我不知道你们的聪明能不能为你们指明方向，也许你们需要信息。那些曾经公开表白要获得妇女解放的女人，她们流过泪，有过痛苦，但她们走上了正道，也真的获得了解放。

可是那些说自己毫无价值像被践踏的尘土一样的女人，请她们真心地告诉我，她们是不是甘愿被人践踏，或者想知道，那些践踏她们的人心里是怎么想的？

一个幸福的人肯定是多次战胜过他的激情，如果他感到幸福，他就完全战胜了他的激情，这虽并非不合常情，但是这种观点的出现有点危险。我不久前来到蒂沃利①的一个瀑布，在它下面的深渊里好像有什么在吸引我，可是这个非常诱人的东西却很危险，这是我们的永生不灭在召唤我们参加战斗，一种危险的思想会把我们引向思想的陷阱。

---

① 意大利地名。

致扬·斯克日内茨基

罗马菲里奇　1848年7月1日

……我为将军先生记起了我和对我的训斥表示衷心和最衷心的感谢，因为我在这里看到了一种友好的关照，这个我很久没有得到过了。遗憾的是，我可能真的是最详尽和打心眼里了解到这一代孤儿的错误和优点，因为我自己也是属于这一代的。由于各种原因，我已经变老了，这使我在这个世界上感到羞愧和痛苦。多少年来，我对和我亲近的熟人总是说，我在我的戏剧开场白中，一直在损耗我的生命的力量，这样我的剧本的第一幕也就成了最后一幕。整个这一代人都会用作对未来的祭品，成为一种并不存在的某种需要的工具而被损毁。那些不懂得这一代的人是幸运的，他们为他们的自命不凡而高兴，他们的倔强使他们变得勇敢，他们的哲学是犬儒主义，他们的想象是以宗教处于病态的形式出现的。

不管怎样，请相信：不是我失去了时间，而是时间失去了我。那幅大的图画我让博赫丹和齐格蒙特已经看到了它的轮廓，但我不会再画了，因为我要画的那座大厦已被夷为平地，我把已经开始画好的草图和画纸也撕掉了。收藏家现在这个时候也不会想到要买我的艺术作品，理由很明白。我不得不停止工作，但我依然牵着那根命运的灰线。我的整个青年时代大概都会这样过去，这就是为了每一项成果的取得，都要尽心尽力地工作，但是成果取得后又把它扔掉。我的有些文字在巴黎已经开始付印了，革命爆发了，所有的一切对我来说都来得太迟了，我的第一个青年时代就是这样过去的。可是我的最后一个作品，也就是我的死到时候会要出现的，这就听凭上帝的旨意吧！

我的第一个青年时代从来没有对周围表示漠不关心，特别是还有千百种物质上的困难，千百种钻心的痛苦和国家的不幸。昨天我还得到了一个消息，我的最小的一个弟弟也迁到国外去了，一句话，没有一个月我没有遇到不幸。

您不要以为我已经陷入了怠惰的状况，我一直有工作，我也不让我有一会儿的空闲，我需要孤身一人，就像空气和饮料一样需要，孤独会给我的艺术展示广阔的天地，艺术创造是没有穷尽的，要不断地学习。

致扬·科希米扬

巴黎市邮局　1850年4月2日

　　你们绝不要以为我因为受到这次训斥[①]会有点生气。我写这封信，是要对你们睁开我的眼睛，看一看那些耶路撒冷的女儿们。你们不要为我哭泣，还是哭哭你们自己吧！

　　我读过你们的文章，知道你们写的是波兰社会对我是怎么看的，那么我能不能也说一点我对这个社会的看法呢?

　　我要告诉你们，在那个只有两个地盘能够开放的地方，任何专长都是不能得到发挥的，任何思想也不能得到发展。那么这是些什么地盘呢? 我在这里宁愿不说，因为要说出来，就像是讽刺了，实际上这里需要的，只是仆人和管家。

　　不论什么天才都会被贫穷吃掉，奴役制度并没有取消，也没有一种力量消耗不掉。

　　一个人如果不是出身在一个有巨额财产的高贵的家庭——有许多优秀的品德、丰富的内心世界——贫穷和屈辱就会叫他死去。

---

① 　科希米扬主编的《波兹南评论》发表了对诺尔维德诗集《社会的四个方面之歌》的恶评。

可是你们等着瞧吧！具有一定数量的钱财的作家或者艺术家还是要出现的。

我说过：诗歌穿的是破旧的衣服。我特意找来了一本阿尔瓦尔的教科书[1]，可是，可是一些讲究实际的作家如果像这本教科书那样，大量地采用谚语的话，那就是我的歌了，现在知道了吗？[2]

你们不要责备我用的语言，我今天讲的不是波兰话，我对波兰语也不比你们知道得更多。

你们也不要怨你们自己眼光短浅，没有漂亮的形式，要怨只能怨这个社会有缺陷。我更不用表现得那么明明白白，因为我如果写明白了，会感到痛苦。就像我脱下了燕尾服，会像一只狐狸一样，长年把身子露在外面，是很难受的。但是别的人会得到更多的宽恕，为什么，他们对你们会说得更清楚。

饥饿在一年中会有几次来敲我们的门，这个我会见到，不是幻想。

我说清楚了没有？

宽恕，多么好听的话！你们想过没有？它是从天上掉下来的。我们的批评家们能不能尽心地用指头数一下？你们知不知道，我做了多少事？

---

① 由阿尔瓦尔列兹编的拉丁语教科书。
② 原文是拉丁语。

我写这些都感到羞耻。

你们这些基督教徒，大喊要创造奇迹，啊，我的上帝！我知道我并不完美，但我如果在我最高兴的一天见到了你们的批评，那不就有更多的基督精神吗？

下面的话，斯堤克斯以后[①]……

---

① 相当于"等死了以后再说"。

致奥古斯特·切希科夫斯基

巴黎　1850年11月

……一个人（都这么称呼他）想要得到幸福他就必须：一、知道生活的目的是什么；二、知道为什么活着；三、知道为什么而死。如果其中缺一，可以演一出话剧，缺二可以演一出悲剧，三项全缺会引起一个人的想象。这种想象有时呈现出一种不幸的媚态，它也可以称为神经质的幻想。

遇到这种情况（现实中），我又想起了悲剧，我知道，悲剧的产生需具备什么条件，但这对我有时候并不理解，这里就不用说了。对这一切我虽不很明白，我也不会感到奇怪。

你的好心和好奇使你不论过去还是现在都很想知道一些详细的情况，其实事情就是这样。

我作为一种健康的力量已经进入了一种状态。在这种状态下，很明显要排除那种表面的印象，把视线投向内里，看到夜晚。

这里出现了一种姿态，你知道它说明了什么吗？

还有一种回忆，对某个时候的回忆，但是这种回忆却越来越淡薄，越来越觉得可耻了。你知道，一个受了伤的人怎么来为自己辩护吗？他说是他的疯狂使他受了伤。

我是祖国的一员，可它却不理解我，它指责我，说我没有道德，可是谁都不想或者根本就无法理解它，它自己走向了灭亡……谁也不想或者无法理解，为什么它认为黑暗中有亮光，黑暗遮不住亮光？为什么它要的是书本，而不是真理和死亡，也不是生命——它爱新奇和明确的格言——但是在书本中，谁也没有学到什么。一切都是从懂得黑暗开始的，因为黑暗中有亮光。总之一句话，我心中已经没有什么能够给予祖国了，因为它已经完全抛弃我。

我想以各种方式写信，创造各种各样的艺术品。

可是我对形式的认识和我熟悉的语言都不能使我做到这一些，我只好到此为止，不再干了。

我多年来，都想到过教堂，我在那里也工作过。但我今天不能到那里去，因为我如果是那里的僧众，明天就可能变成异教徒。我不能去那高深莫测的教堂。我在那里待过，也曾是那里的工作人员，可是它在英国不知道爱尔兰人的痛苦，在俄国也不知道波兰人的痛苦。它是那么不关心人们的痛苦，自己也会走向灭亡。当然我没有责任这么去做，使徒的使命不是搞外交，不是变戏法，也不是让人们遭受精神上的痛苦，而是要成为一个真正的预言家。

一家人有两兄弟，他们是两个道德的幽灵，一个表现了自己高尚的道德，另一个说明了别人不道德。

一个社会——一般来说，我是这么想的——它不是一本书、一个字母，也不是一篇关于基督精神的献词，而是良心，是心、胃、神经和燕尾服，要把不幸的离散变为顺利的集中，将不相似变为相似。

你知道，女人使我们和社会有了联系，但有四个小时我对女人感到厌烦，因为我认为说一些微不足道的事并没有错，她们却认为这不对，叫我不要说这些事。

我可以造成一种假象，就是我并没有这么说。已经有人三次指责我不实际了。莫斯科的大使也指责我不实际，或者说有轻度的不实际，但他除了用坐大牢威胁我，就是以升官发财来引诱我，可我认为最实际的是去流放，这你是知道的。

这只是这篇随笔的主要部分……

致尤泽夫·博赫丹·扎列茨基

巴黎　1851年12月6日

在今天还活着的人的记忆中，在法国，肯定是从来没有出现像现在这样非同一般的情况。那些人如果不是一时的痴呆，就是整个局面的崩溃。有三天了，简直是乱七八糟地打斗了一场，旗帜今天用武力夺回来了。[①]

一些穿短衣或者穿的不是短衣的人站在距那些中了弹倒下的人约五十步远的地方，他们却好像昏昏欲睡了。国民近卫军把他们的武器都收走了，待在自己的家里——士兵要和老百姓进行战斗——可以这么说，那些最普通和最正直的人分成了两个阵营，都被彻底消灭了。

我到过几个地方，见到过这些。如果我没有听见子弹的呼啸声，那是因为我的耳朵里有水汽，在嗡嗡地响。但是我要告诉你，我对这些越来越靠近的投机分子的群体绝不会不闻不问。

真的，我很悲哀地得出了一个结论：这种牺牲并不是为了未来。

---

① 　指拿破仑三世于1851年12月2日发动的政变。

这些早就算定了要牺牲的人在他们死后，不是把他们抬了起来走五十步就够了，而是要把他们用旗帜包起来，走五千五百五十步，去到很远的地方，这是对他们表示同情。

但这是过去的牺牲，要往身后看，既彻底又不彻底，这是战斗中的最后一声枪响，那些人们不理解和诅咒的战斗的最后一声枪响。在这个战斗中，宪兵的军刀首先砍杀了第一个代表，然后又砍杀了两个和更多的代表，最后，一些人民的代表都变成了满大党①的代表。这是最反动的反动，但是过于反动也没有必要，起不了什么作用。

但是如果没有这种反动，那就会消灭一切创造的因素。现在的法国，表现上看，好像是有人在侮辱这个民族，在法兰西这栋房子里侮辱这个民族的人格，这是一栋两年前被一位最高的行政长官，被革命和保守主义毁坏了的房子……

近处看，看看那些参加了战斗的人的苍白的脸——好像在一个地方见到了什么，可那里什么也没有发生。那里有罗马灭亡后，到处飘落的东西，荣誉团勋章不知去向，听从命运的摆布——演说家被赶走了，报社关闭了。我们这些流亡者的苍白的脸就像拿撒勒派②教徒一样，明知一千年后会发生什么，可是现在面临的是装甲兵的火力包围，像魔幻一样，无法逃离。从涅瓦河，从远处……远处来的野蛮人。

---

① 当时欧洲人对中国清朝官吏的称呼。
② 早期基督教派别之一。

致爱玛·赫尔韦 [1]

巴黎寡妇小街 [2] 14号　　1852年9月29日

尊敬的夫人：

在一个年轻的艺术家的办公室里，我见到了您的信。那蓝色的信纸和一种特殊的字体，使我想起了在您的沙龙里度过的那些充满了幻想的夜晚。所有的参加者（我不说相貌）都呈现在我眼前，是那么清晰，就像我很荣幸地在杂技路见到的那样，从您在房间里的高贵的侧面到蓬谢尔的夫人莎拉辛有病的眼睛里都看得很清楚。

这是英雄的贺拉斯躺在他的安乐椅上，是阿达蔑视一切的表情，是善于辞令的爱德华，还有许多政论家，他们的名字我记不起了。还有美丽的西班牙钢琴家，罗马贵妇的古典形象，她的说话总使我想起西塞罗的庄严的演说。匈牙利的希波克拉底，他的胡子和不太修饰的穿着。老希比娜和她的眼睛，往上扔去的一些破旧的卡片，拉菲尔的木刻和小青铜雕像，您的先生在一间深红色的房间里的相片，小图书馆以及整个大宅院的气氛。这里空气新鲜，但有抽烟的烟雾，还有茶香、有趣的双关语、带电的吼叫声，多少有点走在历史的前面。

---

[1]　原信是法语，译者据波兰语版转译。
[2]　原文是法语。

我也不想回避反对我的屠格涅夫先生和他在讨论中表现的热情。我更不能不说一位法国作家漂亮的脚印，不能不说您的谦恭的仆人，他不说话，有时候，还什么也听不见。

　　所有这些相貌、客体和事物我都记在心，它们就像《十日谈》中的故事一样，给我带来同样的乐趣。《十日谈》是在佛罗伦萨疫病流行的那个时候翻译过来的。华沙和波兹南那时候也和佛罗伦萨一样，死了好几百人……

　　您知道，我正因为爱我的民族，更无法忍受我的民族目前的社会状况。整个人类都在我的周围，我和它也不是没有关系（这您也是知道的）。人类的愚蠢——首先是我的愚蠢——对我来说永远是宝贵的。任何东西也没有像愚蠢那样触动了我，这封信的命运会不会也是这样？

　　请接受我对您的深深的敬意！

致玛丽亚·特琳比茨卡

　　这封信好像是11月14日写的，那时候我还在欧洲，信的下面也没有签名，我把它带到了世界的另一部分——在洋那边——这封信不长，但这么一张小纸条却飞越了几千英里，是不是充分表达了我的真心实意呢？不管写的是什么日期，也不管这两个日期是不是相合，它也表达了我的真心实意，信的长短不重要，要看它的内容。如果说到欧洲有什么信念，那么这里想象的和它就完全不一样了，所以说，要是不能将过去写的再抄一遍，那就要重写了。

　　总有这样的风，这样的风帆，这样的心，这样的手，这样的人，这样的天使，他们都会来保护那些大公无私的人、纯洁的人，让他们走上平安的道路……

　　我见到过体形很大的鲸鱼和海鸥，这些海鸥因为飞了很长的路，它们的翅膀累了，落到大海里的浪尖上，想歇息一下，然后回到岸边那些有岩壁的地方去。大浪像一堵围墙，有半根桅杆那么高，两堵浪的围墙之间又形成了一道鸿沟。大船由于受到来自各方的浪花的挤压和冲击，发出嘎吱嘎吱的响声。红彤彤的太阳在这个活动的海面上曾这么多和这么多次地落下去。而夜里不是一片寂静就是遭到暴风雨的袭击，是那么神秘和可怕。人都说，这一切把我们都分开了，那些爱说话的人都这么说。

那些想要采取一些办法以免遇到危险的人们却不说话，可他们有时又说，这一切不是把我们分开，而是让我们团结起来了。"夫人！如果我很久都没有写信的话，我现在能想到什么呢？"

夫人！这些都是我在我的可怜的祈祷中要说的话，这些话说明了我和你们永远是那么亲近，你们都是我生活在这个最重要的时代中的亲姐妹。

我有一个画室，从画室里可以看到外面的墓地。我家里还有一个小花园，天热了，像今天这样，南方来的蜂鸟爱围着一些鲜花打转。我认识一个艺术家，他不论在国内外还是在自己的人中都评价不高。他的一幅像我这张信纸的一半那么大的画，人们都愿以二十法郎的硬币的售价来购买，这是因为这里的物价很贵。但这既够他维持生活，对别人也是有用的，因为他给这个买画的人展示了他用心来创作的全部历程，而且这也是一幕大戏。

如果这个世界上有个女人心性柔弱和委婉，她就会懂得这幕展示了这段既悲哀又辉煌的历史的大戏是什么……

致亚历山大·赫尔岑

纽约 1853年

尊敬的先生!

先生可能没有想到会收到这样一封信,我也是遇到了一个特殊的情况,才给您写这封信的。

在信的开头我要说明的是,我叫诺尔维德。我很高兴,因为我在1848或1849年,在杂技路^①10号的赫尔韦太太的家里,曾经很荣幸地被认为是她的这个沙龙最亲密的来客。当时来这里访问的都是多少有一点自由主义的思想倾向,写过这方面的著作的人。

我自己说实在并没采取很多具体的行动,但可以说,我从一开始在很大的程度上,就被认为是那些真正的自由战士的最后一个合格的孩子,而且我也分担过这个事业进行中所遭受的一切挫折。

这个称呼(它的分量我是知道的)当然不能说明我能够得到某个组织对我的帮助。因此,我不能不想到我的一些熟人,考虑到我的人际关系如何。

---

① 原文是法语。

我想到了。我以为，而且几乎是坚信所有侨居美国的年轻人，很快就不得不亲近欧洲了，因为我们中的任何一个，打心眼里都不会以为我们至今所处的环境（即便是最优越的环境）是完全安稳的。这并不是对故国的一种本能的爱的感情的表现（人们这么多次曾经把它和爱国主义混为一谈），而是一个责任感。它将我们和某种思想，确认这种思想正确的凭证①，它所表现的地方以及为了它的实现而战斗的舞台都联系起来了。

如果说到我：真正的自由战士最后一个合格的孩子，我不相信我有可能，也不相信我有力量以我的整个一生来实现这样一个大的目标，但我对我最亲近的人，却要尽到我的责任。

我已经不指望得到欧洲的帮助了，因为所有的信件在各种秘密的警察局中都遭遇了不幸。

我也不能指望用我的艺术品来勉强维持我的生计了。我曾希望有人来分担我们这些遭到失败的人的不幸的命运，但是在我的那些非常有钱并且和我关系也很密切的友人中，也从来没有一个人能够对我这样。

我曾经说过，对于那些把每一种宣传活动都看成是为了获得利益的人，我实在不能理解。

因此我有一个想法，就是请您，一个很少想到利益的俄国人，请您不要把我忘了。如果您能利用您的关系，帮助我

---

① 　原文是拉丁语。

从这里去到英国，那么我就可以来到我能直接参加活动的地方。

您的关系比我多，你的思想在某种程度上也是我的思想。请不要忘记我作为一个为了争取自由的真诚的朋友和一个波兰人这出自内心的请求！

我的地址在侨民中心可以知道。

齐普里扬·诺尔维德的问候

致弗瓦迪斯瓦夫·彭特科夫斯基

巴黎　1857年6月

感谢你像兄弟那么亲密的话①，我不认为我少了什么，除了我正要做的。

尤利乌斯·斯沃瓦茨基死后，他的手稿在我这里放了八年，没有出版。

密茨凯维奇死后三年，他的一些手稿没有出版。

博赫丹·扎列茨基有一部史诗《兹巴拉斯卡的需要》，十年没有出版。

我的手稿两年没有出版。

二十三年了，你还可以读到："文学中毫无声息，可悲。"

在从美洲到土耳其这中间所有的国家，有近六千波兰的侨民。其中有约一千五百人因为结了婚，生活状况好些。他们中有一千四百余人和法国或英国女人结了婚，只有约二十二人和波兰女人结了婚。

这些天，由于巴黎银行家图尔纳塞纳的破产，亏损了

---

① 彭特科夫斯基告诉诗人，波兹南书商茹·潘斯基不愿出版他的长诗《某一个》，即使不需要付稿费也不愿意。

一千五百万法郎，约合三千万波兰的兹罗体。

爱情！爱国主义！感情！友谊！真理！言词！正直！纪念碑！已经远离或已死去的人的枯干的头发！抱怨！痛苦！牺牲！勇敢！血！

可是心灵、理智和信仰在哪里？

致泰奥菲尔·莱纳尔托维奇 [①]

巴黎贝尔丰路38号　1859年1月

……我真的感到一个人非常孤单，说起来简单，是因为我看到所有那些在国内做自己的事和别人的事的人都不孤单，他们都是我早就认识的人，其中大部分是我的老朋友或者站在我这一边的人。今天，我真的感到很孤单。

齐格蒙特·克拉辛斯基几个月前到我这里来过，我认定，并且对他说过：每一个在波兰的生活中认真地走过十几步远的人，都会有过这样的感觉。可是他责备我说："人都爱你，大家都非常爱你，可你对所有的爱都拒绝了。"我回答他说："不对！你不知道，或者你现在忘了，什么是爱和友谊。我的生活和别的人不一样，我就像一个十八岁的小伙子一样，可以称为一个可爱的小伙子。"

我对他还说："明天，如果你愿意看，我还可以给你演这么一出戏，你会看到，一个可爱的小伙子是个什么样子，但一个人如果是这样地生活，他就不是一个可爱的小伙子。而是一个很庸俗的人了。"

---

① 泰奥菲尔·莱纳尔托维奇（1822—1893），波兰诗人、雕塑家。

这不是爱，因为爱并不是回声，我不再叫唤，也就没有回声了。

我要告诉你，我到过离这里一万几千英里远的地方，口袋里装了一个拿破仑的钱币。那时候，除了一个鞋匠，谁都没有给我写过一封信。这个鞋匠在我要去美国以前在我的父亲那里做过事，他打听到我要离开欧洲和英国的那个海岸，便穿了一件黑色的燕尾服来和我告别。

"难道我是这么一个人，这么一个作家，这么一个艺术大师，值得谁来爱我吗？不是。"

我和齐格蒙特告别的时候，是这么对他说的。我不知道什么时候才能和他见面，他在巴黎。

你对你的健康状况写得并不具体，因为我知道得不多。

祖辈留下的椴树已经不是我们的了，因为我的妹妹去年把我家的村子和田地都卖了，我出生的那个地方现在什么也没有了。那里原来有一株椴树，她把它卖给了德斯库尔。我知道，这个德斯库尔的哥哥到过西伯利亚，住在一栋很大的蓝颜色的房子里，我见过他。今天那里住了一对年轻的夫妇。还有A. 德姆宾基，这个地方原来还有几百株椴树，现在也不知是谁的了。

致尤泽夫·伊格纳齐·克拉谢夫斯基 [1]

巴黎市邮局　1859年1月28日

　　我不知道，我托安东尼·扎列茨基带来的信您收到没有？我也不知道，我托扬·扎格热夫斯基寄来的一本小书寄到了没有？

　　我写这封信，是要请尊敬的和高贵的先生您，通过您的那许多关系，帮助我收集一下我那些零散发表在国内所有的刊物上的作品。可是在扎列茨基的报告上，却又说明了我并没有要您去办这件事。我只希望，这件事的办理不要由我去催促——希望它自己能够水道渠成——波兰文学背后的历史是很悲惨的。我在寻找作者的地址和墨迹，但是我把这些东西找到后，却只能说这么一句很长的话，这就是晚上在威尼斯叹息桥 [2] 下游过去后，一定会听到一些为了共和国 [3] 而感叹和哀怨的声音，就像我们的耳朵在深藏于文学内部的东西中听到的那种声音一样。如果每天都是这样，那怎么办呢？如

---

[1]　尤泽夫·伊格纳齐·克拉谢夫斯基（1812—1887），波兰小说家、诗人、戏剧家，在当时影响很大。

[2]　原文是意大利语。

[3]　指成立于15世纪的波兰贵族共和国。

果老是说我们的文学百花争艳、繁花似锦，那就更糟了。

实际上，这个世纪除了斯泰凡·维特维茨基在生命快要结束的时候咳出来的几个片段外，就没有一个道德说教的人了。

每个诗人（除了马尔切夫斯基），例如亚当的"即兴"[①]，还有别的人的作品的一些篇章，一些读者根本没有读懂，可是几十年来他们又都感到对作品无须注释——密茨凯维奇有十分之一的作品、斯沃瓦茨基有五分之一的作品、克拉辛斯基有三分之一的作品无须注释，而且也没有人关心这个。但丁的作品有一百个注释者，因此他受到了人们的尊敬，但他也被人吃了。所有的一切都是这样。

有一种偷懒的办法，就是不要和作者一起去辛辛苦苦，汗流浃背，在沙发上伸展一下身子，然后再叫唤一声，就像在罗马帝国灭亡的时候，一个贵族在叫唤那些笛子演奏家和他们的雇主那样："×是个愚笨的作家，我喜欢他。可是他怎么愚笨，没有人给我讲清楚。在我这里有我喜欢的作家。"

---

① 指诗剧《先人祭》第三部的第二场。

致孔斯坦齐娅·古尔斯卡

巴黎市邮局　1862年5月19日

1851年——这是好些年前——要走过这些平坦的石板路，经过街心公园去马格达莱拉，就不得不小心地踩在从这里流过的红色的血上，这血是从外交部那边往下，经过这条宽阔的街道流过来的。

这是一些死去的人的血。这些死去的人以为这血从他们的血管流出来，能使那些因为他们的牺牲的人活下来，有更多的自由，变得更加高贵和幸福，可他们也许弄错了。

我的鞋也曾踩在这条人血的小河里。

几年前，在索尔菲里诺附近的一个广场上，就有五万个人的心停止了跳动。他们在遭受了极大的痛苦而死后，内脏又被挖了出来，撒满了整个广场的地面。由于日光的暴晒，都腐烂了，一些野狗都跑过来舔食着这些死者的遗体。他们都是一些人啊！享有过他们的母亲和兄弟姊妹对他们的爱。他们的死，是为了别人在他们死后，能够活下来，比他们更高贵，也更幸福。

几个礼拜前在美国，也有八万具尸体在一个广场上，一天之内被挖出了内脏，流了红色的血。这也是为了在他们死后让别人比他的更高贵和幸福一点。

几天后，罗马聚集了一些主教，要将一些在日本遭受了苦难和死去的人们的名字写在祭台上①。在举行圣礼时，人们以燃起的香火对他们表示敬仰。

几个礼拜前，在复活节那天，世界上有一亿几千万的人用心和话语接受了对上帝的信仰。

孔斯坦齐娅·古尔斯卡小姐非常仁慈。她叫我相信，人是微不足道的，等于零。

---

① 1597年2月，二十六名天主教徒在长崎殉教，1862年被教皇庇护九世册封为圣徒。

致约安娜·库钦斯卡

巴黎　1862年8月

……我把我的表妹的儿子带到了植物园①，他在这里看见了一只非常漂亮的红额羚羊，这个小男孩要把一块面包通过铁丝网递给这只羚羊，但他又怕他的手指被羊咬了，他把手举起来后问我："它咬不咬人？"关于这个我从忒勒玛科斯②那里得知，要尽可能使孩子具备一种道德观念，所以我对他说："这种羚羊不咬人！"

我要不要对玛丽亚·卡列尔吉斯夫人③谈谈家庭的温暖，使这位致力于自然历史的研究的夫人感到惊奇？但我们还是谈些别的吧！

---

① 原文是法语。
② 奥德修斯和珀涅罗珀的儿子。
③ 玛丽亚·卡列尔吉斯（1822—1874），波兰钢琴家，知名的沙龙主人、艺术赞助人。1844年，诺尔维德在罗马爱上了她，但羞涩和窘迫的经济状况让他无法在众多崇拜者中脱颖而出；1847年，卡列尔吉斯迁居巴黎，成为肖邦的学生，诺尔维德在玛丽亚·特琳比茨卡的鼓励下向她求婚，遭到拒绝；1857年，卡列尔吉斯迁居华沙。诗人对她的单向的情感持续了很多年，是其创作的一大激发。

＊

　　或者我们还是来谈谈玛丽亚·卡列尔吉斯夫人。

　　那是在我去美国以前，我还是个年轻的小伙子，一个不知是男人还是女人的人对我说，对玛丽亚·卡列尔吉斯夫人除了一些表面上的应付外，不要表露更多的感情。啊！这些话是多么浮浅，我想了想，什么也没有回答。

　　我想，如果说什么人能够体现一个社会的整体，那女人最能体现。一个丈夫爱他的女人，把她当成耶路撒冷一样的爱。呵，耶路撒冷，耶路撒冷……

　　请您告诉我，能够找到许多可以代表整个社会的人吗？社会是一个人的侧身，一个女人隆起的胸部，是一个金钱的共和国，一个帝国，一个国家，是无政府状态。它爱使徒的首府[①]，爱蒲鲁东，爱梅洛斯瓦夫斯基[②]，爱拉马丁，爱电报，爱让桌子自动打转，爱理性和政治经济学，爱圣依纳爵[③]，爱钟式女裙等。早晨是这样，晚上又是那样，礼拜五又是那个，礼拜天讲道。一个不爱女人的男人就像哈斯蒙尼家

---

①　指耶路撒冷。
②　路德维克·梅洛斯瓦夫斯基（1814—1878），波兰军事家、诗人、作家、政治家。
③　依纳爵·罗耀拉（1491—1556），天主教耶稣会的创始人。

族的马加比①一样，这算什么爱情，毫无价值。管事管得多一点的人也很难找到，我感到奇怪的是为什么加里波第至今也不是人们最敬爱的人。

致约安娜·库钦斯卡

巴黎　1862年秋

……我坚信，没有比一个人能够号召整个世界都战斗起来的事更美好的了。

也许这是对那些只做了点小事的人来说的。

老苏格拉底把手伸向天空，他要反对整个世界，因为这个世界是雅典娜的。

哥伦布用了八年的时间绘制地图，他每天只花销几个格罗什，仅够养活他的儿子，他的儿子曾经饿得晕了过去，可是这个绘制地图的人却用他的一个裸露的手指，给整个世界指出了一条人所不知可又被人嘲笑的道路。

那些只要做了点什么的人都可以成为大人物。

整个各各他都是秘密，只有这个……

*

可是，可是……

要的不是一个人的某一种才能，某一种思想，一种感情，一种权力，一个器官，一种力量，一种引起麻烦^①的思想，而是一个完整的人。

从苏格拉底的花白头发到套在他的衰老的腿上的枷锁，从哥伦布的破旧的天鹅绒帽子到他那引起怀疑的鞋。

到时候，就让一个人和整个地球进行决斗。

他会战胜地球，他会赢。

他经常是许多世纪后才取得了胜利，但是他胜利了。

---

① 原文是英语。

致米哈利娜·扎列斯卡

巴黎　1862年11月14日

……这就是波兰的社会，一个民族的社会。我不否认，这是一种伟大的爱国主义精神，别的社会都没有这种精神。

所有表现了民族的爱国主义和继承了民族的历史传统的思想感情都是伟大和高贵的感情，所以我在华沙的街上如果遇到一个流浪儿，也会脱帽向他致敬。如果不是爱国主义，不是民族和社会的感情，那从一开始就被认为是渺小的，甚至是可耻的，一想起它就可怕。

要向上帝呼唤正义，要解决农民问题。有三个教皇曾先后向波兰提出要解决农民问题，认为这是一个民族问题，而不是一个基督的问题。

我们不是一个社会。

我们是一面民族的大旗。

因为我道出了这个真理，那些对我真心实意的人反倒要把我吊起来，但是关于这个真理的本质，我已经反复说了十二年了。今天，即便我的脖子上套了绳索，我的喉咙嘶哑，我也会说："波兰是地球上最后一个社会，是行星上第一个民族。"

谁如果一条腿有地球的中心线那么长，但没有第二条腿的话，那么他是一个什么样的残疾人呢？

如果我们的祖国是这么一个社会，它对每个人在各方面都很负责；是这么一个民族，它对每个波兰人都很有感情的话，那么我们的两条腿就可以站立起来，就是一个完整的人，一个受到尊敬的人，一个非常了不起的人。但是在今天，波兰人虽然很胖，但他作为一个人的个子却太矮了。我们都是一些漫画上的图像，可悲的渺小和大笑话。太阳站在波兰人的头上，但闭上了眼。

致米哈乌·克列奇科夫斯基

巴黎普瓦索尼耶街① 131号　　1863年3月6日

　　我觉得，我已经找到了给您写信的办法，下面就是我的信：

　　礼拜五——今天早晨，太阳很漂亮，我起床了——很遗憾地看到我的画布和纸，已经有四十天没有整理了。

　　这四十天，在波兰，一直在和莫斯科佬进行战斗，确切地说是在欧洲，和虚伪进行战斗，是虚伪引起了这场可怕的战争。长期以来精心设计的这些谎骗是一定要造成血流成河的一天的。

　　我穿好了衣服后，马上去看日报——要善于阅读这些报纸！它们的每一个报道，不管是从柏林来的，从维也纳来的，从克拉科夫来的，还是从华沙来的，都不一样。这是因为这些报纸的编辑部的办报方针不一样，但这不仅对我，而且对那些从近处得不到消息的人来说，就悲哀了，因为他们不知道，在这些日报中，要看些什么。

　　每天都有我们的人从巴黎来，有旧的军官和年轻人，只

---

① 　原文是法语。

要有人遇见我，我就要把情况告诉他。经奥地利可以来到波兰的边境上，可是然后又怎么样？因为普鲁士占领的地盘谁都过不去。我在那里蹲过痛苦的监狱（虽然时间不长），知道这个情况。起义爆发后，有几天情况好了些，可今天又越来越困难了，特别是我们缺少武器和弹药，而我们是一定要有武装的。

我想我可以做得很漂亮，我会很高兴地到城外去走走，因为我已经有三天和几个晚上在对我的出版商从莱比锡寄来的手稿进行加工了。我可以洗个澡和休息一下，到城外去走走……午饭后我读了您的信，亲热地拥抱您。如果我有一千五百法郎，我就要回到波兰去，在那里，不管是哪一天，参加什么活动，都是我的开始。窗子外面雨声小，我听不见，我不能从窗子里跳出去。现在的战争还是游击战争，局部的战争，只要熟悉一些地方的情况就够了，无须按大战在战术上的要求。

致卡罗尔·鲁普列赫特

巴黎　1863年9月

……只有自由的人们，只有那些不是被框在铁索的摇篮的人，也就是不是奴隶的人才知道，如果要和俄国为邻，那么在它那里，就要建立自己的政党，否则就像两块巨石不可避免地会要互相碰撞，一旦它们发生磨擦和碰撞，除了响遍了噼噼啪啪的声音之外，什么也不会留下。

莫斯科在波兰共和国有自己的政党，可波兰人却没有想过要在俄国建立自己的政党，他们在政治上从来没有这样的打算。

但因为多少世纪以来，波兰和俄国都一直为邻，这也是不得已，波兰人为此（正像人们说的那样）每十五年好几代人都要付出流血牺牲，每隔一段时期，许多无辜的年轻人就要被屠杀，上帝在天上的云雾中也看得见，一些波兰的先知过去是怎么说的他都知道，而且他也知道以后会怎么样。在这种情况下，一些人也有过近似于在俄国建立一个政党的想法。

如果有一个俄国的海军舰队来访问纽约，受到了友好的接待。这里有三个原因：一是因为这些接待俄国海军舰队的美国人都是一些有自由主义思想的人；二是因为美国和俄国搭界，有人很早就想在俄国建立一个美国的政党；三是因为波兰人的罪过，波兰社会没有一种战斗的思想，也从来不相信思想和真理的力量。此外，也是因为有一个贝尔韦德尔人 ① 亚当·古罗夫斯基伯爵用英文写了一部著作 ②，在美国很普及，这部著作以逻辑的推理指出，共和主义要在全世界得到实现取决于改变俄国未来的走向。这部书向在美国的读者发行了几千册，为人们作好了思想准备。

我感到遗憾的是，波兰人比创办一份报纸还轻易地把亚当·古罗夫斯基伯爵这个贝尔韦德尔人杀害了，他们不知道，这是一种鞑靼人的野蛮的行为，就像希腊人在亚历山大大帝死后接受了他们并不了解的亚洲因素 ③ 一样。

---

① 意谓参加了十一月起义。1830年11月29日，一群步兵士官学校的学生攻打波兰王国总督康斯坦丁公爵的府邸贝尔韦德尔宫，标志着十一月起义的开始。

② 叫《俄国就像它这样》，1854年在纽约出版。

③ 指专制主义，通过亚历山大对东方的大举进攻而"传染"至希腊世界；这是西方中心论的话语，不是历史事实。

致马利扬·索科沃夫斯基

1864年1月27日

……你想知道这是什么吗？^①这是决斗，要消耗一场战争所耗费的那么多的东西！

道义上的成果要用事实表现出来……也就是说，这不是像决斗样要付出那么多的牺牲的战争，也不是以道德的力量所获得的成果，这不是进步，它带有血腥味，它表面上很吸引人，但是不正义。

你想知道这是什么吗？这是一个创造性的开头，为了一种思想而战斗。然后这些起义的参加者要以他们应当采取的方法对老百姓用得很好的东西进行模仿。

我要问的是，你想知道这是什么东西吗？

这是进步的旗帜，也说明了帝国快要灭亡了。例如人们在帝国的首都莫斯科筹款给一些伤兵进行治疗，一共才筹到了几百个卢布。那些士兵在他们的队伍前都毁掉了他们佩带的武器，他们不愿再当兵了，但他们不是被枪杀，就是被逼自杀了。我们这些讲究实际的政治家都说：这样的人应该有

---

① 指一月起义。

五万个，但他们不到五万个。是的！黎明总是呈灰白色，在1831年，华沙的贝尔韦德尔人是不是很多？1863年，贝尔韦德尔人在匈牙利和一些县城里有一百个。

因此从一开始就在创造历史和社会，这是一种健康的活动，但它后来被阻止了，于是便使用那种不合时宜的狂热的信仰的武器，使所有的领头人都遭到了战争法庭的审判。你知道什么是政府吗？政府是由一些正直的人组成的一个委员会，这些人没有任何关于人类和历史是什么的概念。他们的委员会是一个民族政府，这谁也不否认。它有许多进步的要求，但它看重社会上出现的每一个偶然的现象，没有自己的观点，因此你看到的东西就像以前都曾有过似的。政府也是一个秘密组织，它只有一个职能……就是败坏每个人的名誉，它不能使任何一个人摆脱困境。这是一个不好的政府，它看重的是一些偶然发生的事件。一直到，一直到有人想到了要发表那些遭到追捕的人们的信，使他们不再受到追捕。过去也有人想过，今天只需要，只需要和只需要反映那些被送到西伯利亚去的人的情况，而不用干什么别的。这里没有也不可能有什么战略思想作为他们的指导。这是一种毫无意义的械斗。

你想知道为什么任何合乎逻辑和可能合乎逻辑的东西都没有吗？为什么在整个地球上，没有一个地方的知识界像波兰的知识分子那样没有尊严，不能独立自主。所有的雇主、驻办公使、家庭教师都在尽心地工作……他们的情况各不一样，他们提出的倡议也不明确，或者就像患了疟疾一样很不正常。一个世纪以来，波兰的脑袋从来没有以一个集体的人处在高位置上的状态出现，而是长在一个人的臀部上，和他的脑袋所处的位置是完全相反的。没有任何合乎逻辑的东西，历史并非一无所有，因为它有许多偶然事件，有时机，有零散和每十五年发生一次的不幸，它们的出现虽有间隔，但一定会出现。

致尤泽夫·伊格纳齐·克拉谢夫斯基

巴黎　　1866年5月15日

　　我想，尊敬的和慈善的尤泽夫先生！你已经收到了我的信，一个真是没有足够时间写信的人的信。你肯定是想从我过去的出版商那里得到我的《指南》[①]的手稿。

　　这份手稿我卖出去的要价是两百法郎。要是以前，别说是这么一个集子，就是其中的几页诗，也值这么多钱。我不认为我会给国家的财政收入造成困难，因为这些手稿揭示了最深刻的真理，它们的语言丰富，表现形式多样，是一个遭受迫害和破了产的人写的，读起来可能使人感到乏味，但它们对这个国家要说明的却不是什么儿戏。

　　这涉及整个文学界，涉及所有的人的切身利益。

　　波兰诗歌具有丰富的遗产，但这不能说明今天的作品定会拥有众多的读者，那怎么办呢？首先是要看看我们自己是个什么样子。这里首先是要反映读者最美好的思想、意思、智慧和真理。

　　什么作品最有价值，当然是我们最热爱的祖国和民族的

---

① 　原文是拉丁语；这是诺尔维德的最重要的诗集，但多番努力后仍无法出版，对诗人是个沉重的打击。

史诗。《塔杜施先生》就是这样一部民族史诗，其中唯一的一个写得最认真的人物是个犹太人①。此外书中还描写了一些爱闹事的人，一些既愚蠢又马虎的人，此外还有一些爱讲故事和笑话的人。作品还描写了两个女人：一个叫特利梅娜，是一个莫斯科人的情妇，另一个叫佐菲娅，是学生。

这当然是一首最有民族特色的长诗，诗中描写了人们的吃喝，采集蘑菇，等待法国人来为他们的祖国做点什么。它当然是一部杰作，它所描写的风光比雷斯达尔②最迷人的风景画都要高超。

诗歌中描写风景和牧童吹笛子在我可怜的创作中当然是有的，这是作品内容的需要，这也是一种描写手法，应当说，这是很有意义的，但对它们却往往评价不高，要我想，你如果不顾一切地要去写这些东西，也不会有好的结果。

---

① 他叫扬介尔，是乡村酒店的老板，被密茨凯维奇刻画为心地善良、多才多艺的理想人物。诺尔维德说他是写得最认真的，也表达了对犹太人的尊重。

② 雅各布·凡·雷斯达尔（1628—1682），荷兰风景画家、版画家。

致约安娜·库钦斯卡

讷伊（和巴黎）　1866年8月7日

今天我认为，我在我的画布上劳累了十几天后^①——这种承蒙恩赐的空气干燥和明亮的日子在法国是少见的——就要说一说意大利了，那里的太阳多了一些光的线条，颜料所显示的已经干涸的色彩和人一样，是永远不会变的。我们在的这个城市（非常好，有知识、有文化）、在水边——在洪堡^②和斯帕^③这些地方，所有的人都很健康、很富裕，也很自由——可是在我的这座城里，却只有干活的人和残疾人。

我跑到城外去，是为了恢复我的视力，所以我这封信是在城外写的。我想到了您（如果您不是那么古怪的话）。我想，您已经收到了我那封谈到悲剧的信。

我走过了许多种了漂亮的树的大街，在那里呼吸新鲜空气，还在一个地方吃了一些东西，因为我饿了，要吃。我是和讷伊墓地里的一些盗墓者一起吃的。在城郊有三个墓地，

---

① 诗人应文岑蒂·保罗修会的修女之邀，画了一幅波兰圣徒斯坦尼斯瓦夫·科斯特卡的肖像。
② 德国地名。
③ 比利时地名。

那些墓地上的坟都是按照我画的样式建造的，所以我在那里有熟人。

有一个盗墓者走到我身边把他的酒倒给我，要我喝。

我对他说："朋友！博爱万岁！"[①]

我从这里又去了我的一个年轻的朋友的家，他已经结婚，就住在城郊。最后我才回到了城里。

这些时候，还会有一些神父和修女来我这里看一幅祭台的图像。

有两个女工到我里来过，一个是外国人，另一个是我的同胞。我给她们看了一幅圣斯坦尼斯瓦夫的头像，还有两个天使的像。我有生以来，您还从来没有见过出自我笔下的真正有分量的东西。

我过去不得不，现在依然不得不把一些不成熟的东西拿出来展示，这也坏了我的名声，但这不是我的过错。那些深深懂得艺术的人也会理解，这不是我的错。

我没有错（归根结底），就像今天唯一的一个真的还活着的本乡本土的波兰作家和诗人那样，他在同一天，既得到了整个波兰现代文学的认可，可又被整个社会遗忘了。这不是他的错。

总有一天，您对这会知道得很清楚，也不会否认。但这一切是令人悲哀的，一直到死都很悲哀。

———————

① 　原文是法语。

致布罗尼斯瓦夫·扎列茨基

巴黎市邮局 1869年5月15日

他们最好不要把这件事说得很清楚，有时候，不把它说清楚是为了表示客气。

我知道，那些不愿意往前走一步的人在小声地抱怨。[①] 当然，我如果表示客气，如果把下面这些话都很清楚地说出来，很明白地说出来，他们就不会这样，这就是：诗歌如果忘了它该做些什么，那么它也就想不起什么是健康的美学了。

对于这种诗歌我是理解不了的，就像我不理解一个漂亮的中国女人为什么不能离开她所在的一个地方一样。因为她身体肥胖，手指头坏了或者只有一个指头，她把这个指头作为她所崇拜的对象。[②]

可是瑙西卡，荷马写的一个国王的女儿，因为长得漂亮，要去河边洗衣……[③]

---

① 指抱怨诗人在两天前发表的《言论自由的事》一文。
② 这是异教徒的偶像崇拜。
③ 这是雅典娜的安排，瑙西卡因此遇到奥德修斯。

对一个聪明的脑袋，说两个字就够了。①

我不愿先制造诗的偶像，然后又怕它被打倒，就像有人想把脚往前伸又很害怕那样。这里有某种功利主义在起作用，它是创造美的必备条件。

我带来了什么就做什么，他们担心的是宝塔会倒下来，怨自己不理解，可这一切都会得到良心的表白。

我本来已经巧妙地回避了这一切，可是我想，我是可以表示自己的看法的，所以我大胆地说出了我的意见。

他们几乎把诗看成是一个中国女人，这是一种错误的想法，它只是触动了我，可让他们却翻了个个儿。我对他们说，一只女人最漂亮的手如果要得到全面发展，它就得做点什么。

这就是我的看法，它既是一个基督的观点，又是一个真正的美学观点。

谢谢您还记得我和您的短信。我的手稿已寄给了纳别拉克，现不在我这里。

两个小时韵律的运用使我的心胸感到劳累，这一刻我失声了。

---

① 原文是拉丁语。

致奥古斯特·切希科夫斯基

巴黎　1871年3月1日

亲爱的奥古斯特先生!

今天——1871年3月1日——巴黎的面貌像我所见到的一个人的面孔一样，这个人是我半年前在一条街的一个角落上见到的，他那时正在读一个关于麦克马洪失败的军事通报，这个通报要让全城知道，为了维护首都和民族的独立，要作好一切准备。这个人肯定是大家不知道的。如果谈到阶级，那至少要知道他属于哪个阶级，但他既不是老百姓，也不是市民，他就是个过路的人……他的面貌我永远不会忘记，当他的眼睛离开了那张他看了的通报之后，他的视线使我觉得就像两极高空的雷鸣电闪一样。今天在巴黎，也有类似这样的手势、这样的视线和这样的面孔。在爱莉扎广场周边的街道上，肯定没有一个行人。从我这边一直到很远的地方，所有的商店都关门了。今天，由普鲁士统帅统领的老爷的日耳曼军队签订了条约，在城里布了岗哨……

两个月前，这里有一阵金钱毫无用处，因为一天能挣到的钱连一块有几克重的大一点的面包（带谷糠的面包）都买不到。

我记得有一个晚上，我肚子饿了，透过窗子看见下面的街边上有一栋房子，有两个女人在里面切面包，我便走了进去，问可以买面包吗？其中一个女人说："这位女士卖给了我几块面包，我不能转卖给你，但我也不愿让你没有面包，就给你一块吧！"这是一个法兰西的普通士兵的妻子，村社里来的。

历史是诚实的，它总是喊道：那里没有雇农，那里有人！一下子就可以抓到许多听话的奴隶，但都会死去……有一位波兰的公爵夫人对我说过：我们这里要的不是艺术家和作家，而是一些干实际工作的人，例如厨师、裁缝以及很守规矩的生意人 [①]。我说，我生活在地球上所有文明人的社会中，根据我所了解的一些情况，我要说：还得有一些想要忏悔的人……

我饿得一点力气都没有了，有四个月，我一天只能吃到一块带谷糠的面包，但有时候也可以吃到一点马肉。我在一些肉摊上还见到过狗肉、猫肉和耗子肉，但我始终未能填饱自己的肚子。这么一个大的城市使用的不是煤气灯的照明，油灯的光照既无力又昏暗，两百万人的首都的排水沟里的水排不出去，空气中散发着血腥的气味，因为这里有三种传染病，即天花、伤寒和痢疾。由于内战的爆发，有时候在马路

---

① 　原文是意大利语。

上便出现了八百个自由公民被砍下的人头，还可听到一些碉堡遭到炮击的轰响。三十个日日夜夜，子弹摧毁了无数的楼层，粉碎了人们的脑袋。

但是这里首先是公民们投票，选举总统和市长。报纸每天都对政府和大众的行为以及整个民族的错误和罪过进行尖锐的批评。

情况就是这样！但是民族"并没有灭亡"！

致尤泽夫·博赫丹·扎列茨基

巴黎市邮局　1872年11月19日

亲爱的博赫丹先生！

我已经痛苦地躺了两天了——我也感到很孤独——我写了一个有三幕的剧本，叫高等喜剧①，剧中没有一个波兰字，也没有写什么东西，因为这个社会还没有亲眼看见这个剧对它是怎么写的，这些东西要现在去写，而高等喜剧也是一个法语的名称。

我的最喜爱的悲剧是《克莉奥佩特拉和恺撒》，共三场，它的最后一场也少了半场。因为莎士比亚写过这么一个悲剧，我犹豫了很久，才写了这个剧。但莎士比亚只写了安东尼，我在他之后又写了这个人，让自己犯了罪。

这两个剧写出来都是用于在台上表演的，就看舞台的技术条件了。它们的规模之大是空前的，这没错！

我的朋友（我有这些朋友）向我建议，像狄更斯和别的人在英国和美国，在所有生气勃勃的社会中那样，租用一个沙龙、卖几十张票，五个法郎一张，然后对那些买了票来到

---

① 原文是法语，下同。

沙龙里的人宣读剧本。

有谁听得懂波兰人的名字？只有兹波罗夫斯基们，他们虽然不是波兰人，但也许懂得这些名字的含义（他们习惯于参加会议，认定一个人对社会保持生气勃勃应负的责任，对脑力劳动的尊重），可是波兰人的名字他们肯定是不能用波兰话说出来的。

他们对我说，我在波兰的贵族中，有很多熟人和朋友——这是真的！——他们还要给我建造一座并不难看的坟墓，如果我接受的话，他们就会给我这样的施舍，但是对于思想方面的问题以及对它们的评价，只有采取水疗的方法，或者要看投机市场的行情，这两种情况在英国和美国都是一样，也关系到文学和思想运动的进步。

致孔斯坦齐娅·古尔斯卡

巴黎圣卡西米尔之家 ① 1882年12月初

我笑得咳起嗽来了，因为贝科夫斯基走了进来对我说："请你，请你告诉我，谁代表波兰社会？"

我亲爱的！很不幸，我任何时候也不会搞欺骗，也不会笑着撒谎，我不会给自己涂脂抹粉。怎么样？真没意思！我难道为了这个要去做祈祷吗？

对你的问题，我告诉你，我会这么回答：

最伟大的智者是个波兰人（霍埃内·弗龙斯基 ②），在本世纪，到今天，世界上也没有一个人能够和他相比。这个人死了，是在贫困中死的，他的同胞并不知道他。还有一位最有成就的作家，为了自己的民族，在贫困中工作了五十年。还有民族政府的成员约阿西姆·列列韦尔 ③，他埋在公共

---

① 这是创办于1860年的收容波兰贫困、残障侨民和孤儿的慈善机构；诺尔维德在1877年搬进来。

② 霍埃内·弗龙斯基（1776—1853），波兰哲学家、神秘主义者，也是数学家、物理学家。

③ 约阿西姆·列列韦尔（1786—1861），波兰历史学家、文献学家、政治家，著名的爱国者；他的遗体后来迁回维尔纽斯。

墓地①。我们的国民连一块石碑都没有给他竖立。如果是伯爵夫人波普奇谢夫斯卡的儿子波普奇谢夫斯基伯爵死了，那一定会给他立碑。

朗格维奇将军，克拉科夫的太太小姐为他绣制了一个床垫，可是他不久前在这里，孤单单地死在医院里。普斯托沃伊托夫夫人在巴黎公社革命爆发的时候，救了一个主教的妹妹，使她免遭枪杀，可是当她病得要死的时候，没有一个波兰的贵夫人去给她递过一张名片，问她一声"你好吗"，等等——现在，请你告诉我，一个社会可以没有聪明才智和学问、没有功勋和奉献精神的人吗？如果可以这样，那么这种社会在哪里呢？谁又能够代表波兰社会呢？你如能回答我，我非常感谢。

我对自己还一点也不知晓，因为我总是半躺着②，有时候要躺到十二点，把时间都耗掉了。有人给我写了国民纳税的问题，要给我的工作予以帮助，这种帮助不仅能够满足我的需要，而且还太多了。但是我承认，我不相信，这不过说说而已，如果手指头不动，就什么也没有干。我干了，因为我们给一个寡妇救济了四千九百法郎——一个人的心思虽然懒惰，但可以

---

① 原文是法语。
② 诗人的身体已经非常虚弱。

很有力量——我知道一位女士，她因为懒惰，就没有出嫁。

齐普里扬·诺尔维德

他们要这么做，如果太迟了，我就不要这种帮助了。

致卓菲娅·拉德瓦诺娃

巴黎圣卡西米尔之家　1883年3月16日

一个很例外和使我感到困难的情况，我不得不求助于你们，同时我也要问，你们这一次能不能给我提供某种帮助？①

请不要怨我的命运，因为你们肯定以为我本来不会老是打扰你们……现在一定发生了很不平常的事。恳请你，亲爱的卓菲娅夫人，不要通过迪波夫斯卡或者别的人来回答我的问题，因为这么多年，我从来没有见到过他们，也没有见到过任何别的人……

多写几个字也不会超过一分钟。

这一次，你们对什么都很宽容，对我这封信如果也能宽容的话——因为我处在一个坑洼不平的死胡同里② ——我一定很高兴。

---

① 拉德瓦诺娃是诺尔维德的弟媳，诗人要向她家人借钱，用于"意大利三部曲"（三个以意大利为背景的短篇小说）的出版和去尼斯的路费，后者是医生建议的，指望能改善他的健康。这些都没能实现，两个月后，诗人在圣卡西米尔之家去世了。

② 原文是法语。

请原谅，握手。

诺尔维德

……华沙有一些人对我有很多要求，可是，他们有没有良心呢？

请告诉沙尔内茨基先生（"回声"）：
齐普里扬·诺尔维德对波兰社会有两个要求，希望它不要使他感到陌生和不友好。

图书在版编目（CIP）数据

诺尔维德诗文选 / (波) 齐普里扬·诺尔维德著；张振辉译.
— 成都：四川文艺出版社，2022.5
ISBN 978-7-5411-5336-5

Ⅰ.①诺… Ⅱ.①齐… ②张… Ⅲ.①诗集—波兰—近代
Ⅳ.① I513.24

中国版本图书馆 CIP 数据核字（2022）第 051829 号

NUOERWEIDESHIWENXUAN
诺尔维德诗文选
［波兰］齐普里扬·诺尔维德　著
张振辉　译

出 品 人	张庆宁
策　 划	副本制作文学机构
出版统筹	冯俊华
责任编辑	苟婉莹　周　轶
装帧设计	Tsui-shichi　黄　几
封面原画	欧飞鸿
内文设计	史小燕
责任校对	段　敏
责任印制	桑　蓉

出版发行　四川文艺出版社（成都市锦江区三色路 266 号）
网　　址　www.scwys.com
电　　话　028-86361802（发行部）　　028-86361787（编辑部）

排　　版　四川最近文化传播有限公司
印　　刷　成都东江印务有限公司
成品尺寸　140mm × 203mm　　　　开　本　32 开
印　　张　12.75　　　　　　　　　字　数　300 千
版　　次　2022 年 5 月第一版　　　印　次　2022 年 5 月第一次印刷
书　　号　ISBN 978-7-5411-5336-5
定　　价　78.00 元